文 / 吕欢呼

图 / 朱 湾　吕欢呼

# 畫個不停

生活・讀書・新知　三联书店

给新画的荷花打印章

# 目　录

序　记录的力量　　　朱天曙　　　1

## 壹　朱湾艺事

画屁　　　3
Z·W　　　8
石局长　　　15
学印记　　　23
说不清的达利　　　36
超级水壶　　　45
巨印　　　50
卧谈会　　　57
唐豆　　　66
昆虫、杏仁、石头、大山　　　74
聪明的米开朗琪罗　　　82
雅俗共赏　　　92
神奇的 3D 博物馆　　　100
新年礼物　　　109

## 2 画个不停

国子监春游　　　122
朱小姐画猪　　　132
累死的画家　　　140
《千里江山图》和赵孟頫　　　148
大声叫好　　　159
映碧牛诗　　　168
吴昌硕之死　　　181
芃姐姐的毕业论文　　　190

## 贰　三人行

发呆、拜神与艺术　　　201
瓷都行　　　214
滇游漫记　　　226
东京漫步　　　254
做客郁文斋　　　263
东京会友　　　269
从伊豆到镰仓　　　278
东京闲逛博物馆　　　289
冬日巴黎闲逛　　　306
夜逛书店　　　316

附录　懂艺术的人，永远不无聊　　　321

# 序
# 记录的力量

朱天曙

这是一本关于小女朱湾的艺术成长的书,是她妈妈花了一年多时间专门记录下来的。

朱湾从小跟我们一起生活,从上海到北京,从万国园到清华园,伴随着我们的艺术创作和各地云游,有许多可说、可笑、可爱的故事,构成了我们家生活的重要内容。把这些和艺术有关的小趣事记录下来,回味一段成长历程,体味艺术的美好,是一件很幸福的事。

我和她妈妈都是朱湾艺术生活的见证者和参与者。许多作品还谈不上多么艺术,多么精彩,只是她生活的日常,但其中体现出她艺术的天性、丰富的想象力和孩童天真的创造力,常常令我们感到意外和惊喜。她的画中,一只兔子、一只老鼠、一个女孩、一个玩具、一个场景,无不充满生机和童趣。

我们在生活中也有意无意地讲一些艺术故事,艺术史上的人物、常识和趣闻,她都听得津津有味。我们陪她一起写字、一起画画、一起刻印,自我表扬,相互鼓励,有时也相互嘲笑一番。她为艺术感到开心,也因艺术着了迷。这本小书记录了她生活中与艺术有关的点滴和故事,相信能给读者带来会心一笑。

## 画个不停

艺术道路漫长而艰辛。

朱湾还没有经过专业系统的严格训练,这一切只是出于兴趣,她的艺术之路才刚刚开始。我们相信,兴趣是最好的老师,对艺术、自然、生活产生乐趣,并陶醉其中,专注其中,也是很难得的。

这里,记录下艺术给我们带来的快乐,以及和孩子一起成长的履痕。

# 壹

## 朱湾艺事

朱湾从一出生就生活在艺术的氛围中。

她在家里玩的小玩具、挂在墙上的作品、书架上的图书还有室内的摆设无一不和艺术息息相关。

爸爸妈妈两人之间的对话、和师友之间的闲聊，或者是带她出去参加的活动，也多是和艺术相关的事情。

更不用说专门去参观的博物馆、艺术馆和书画展览了。

不知从何时起，朱湾开始自己动手"创作"了，家里的门上、墙上、黑板上，上学用的课本上、随身携带的纸片上甚至自己的衣服上都是她的"作品"。家里的书桌边、地毯上，爸爸妈妈的办公室、外出吃饭的椅子上，到处都有她随时创作的痕迹。

小家里的四壁更是她随时创作的场地，朱湾用各种颜料和不同的画笔画了一层又一层，还把折纸、贴画粘在上面。这些墙壁像极了现代艺术，被爸爸妈妈戏称为"疯狂的墙"。

除了画画、写书法、刻印之外，她还关心画家的故事，喜欢创作绘本、自己编辑书籍、折纸、玩橡皮泥、画瓷、刻版画、做皮影，有时又想当个

fashion designer（时装设计师），把妈妈淘汰的衣服剪开做成各种"时髦"的样子，穿着自己剪出大洞的裤子去拜访各领域的大人物。有时又偷偷在芭比的脸上化上七彩而亮晶晶的妆，把头发剃一半藏在抽屉里。

总之，朱湾特别喜欢动手"创作"。

当然，她最爱干的事还是一边听故事、一边画画。这个爱好从来都没有改变过，而且目前，似乎也没有任何改变的迹象。

# 画　屁

似乎每个小孩都会有这样一个阶段，对屁啊、屎啊、尿啊等排泄物或者其他隐蔽的身体器官特别感兴趣。妈妈在书上看到这种时期在心理学上被称为"污言秽语期"，是几乎每个小孩成长的必经之路。

有那么一阵子，朱湾也特别喜欢讨论屁、屎、尿的问题。

"妈妈，今天我们班有个同学上课时放屁了！老师都听见了。"朱湾回家兴冲冲地汇报。

"放个屁怎么了，有啥大惊小怪的？"妈妈故意轻描淡写地说。

"可是没人承认，我都快被熏死了！我同桌还拿书扇呢，其他人都捏着鼻子。"

"哈哈，你们知道是谁放的吗？干了坏事还不敢承认？"妈妈被逗笑了。

"谁敢承认呢？！老师在教室里。要是我也不敢承认。"朱湾挑着眉毛继续大惊小怪地说。

"哈哈，那下次你也捂上鼻子就是了，千万不能被熏死！"妈妈笑嘻嘻地帮忙想办法。

"要是你上课也想放屁怎么办？"妈妈想起新问题又笑着打趣她。

"那我肯定忍着，慢慢放，至少不发出声音。"朱湾开始认真地考虑并回答这个随时可能发生的问题。

不断放屁的驴子和鸟类

## 5
### 画 屁

那段时间，几乎每天不管谈什么，最后都会扯上屁、屎、尿的话题并大张旗鼓地讨论一番才能结束。

一天放学后，一个叫妞妞的姐姐来爸爸办公室玩。妞妞姐姐当时是一位正在北京中医药大学学中医、但酷爱画漫画的大学生。

朱湾一听说姐姐会画漫画，特别高兴，两个人很快打成一片，聊得热火朝天，不一会儿就亲热地以画会友了。

"爸爸妈妈，你们出去散步吧，我要和妞妞姐姐在这里画画。"

"真的？"妈妈有点不相信自己的耳朵。

"真的，快走吧！"朱湾再次说道。

这是朱湾第一次主动让爸爸妈妈离开，很让人意外。要知道，她可是特别喜欢整天都有爸爸妈妈陪着，最好是一步也不离开的。

和妞妞姐姐第一次见面，居然有这么大的变化。

"好啊，真能行吗？"妈妈将信将疑地问。

"没问题，你们快走吧！"朱湾头也不抬爽快地说道。

居然还催着爸爸妈妈快走。

爸爸妈妈当然乐得清闲，愉快地去散步了。

当爸爸妈妈再回到办公室的时候，看见两个人一人搬了一张爸爸办公的大沙发，脑袋凑在一起边画画边讨论，一纸的动物世界。

"姐姐，你说这个蚂蚁屁怎么画？"朱湾向会画漫画的妞妞姐姐虚心请教。

"这个简单，前面画尖点，后面画三个花一样的东西，跟云朵差不多。"妞妞姐姐一边面不改色地说着一边示范。

"那用什么颜色涂呀？"朱湾继续发问。

"用淡黄色的彩铅，不要太重，这样比较像屁。"妞妞姐姐看起来很在行。

唉！这年头连画个蚂蚁都有屁。

妞妞姐姐走后，一连几天，朱湾都在反复琢磨蚂蚁屁，这是在巩固学来的

# 6
## 画个不停

新技法呢。

不光蚂蚁有屁，画的其他动物，小狗啊、猫咪啊、马啊、大象啊，统统都画上了屁。

小动物小屁，大动物大屁，有的单独一个屁，有的一串串屁，根据画面自动协调。

有的动物后面还画上了一个个小圆圈。

"这些是什么呀，屁后面的小圆圈？"爸爸看着朱湾的新作狐疑地问。

"屎啊，那还用问？"妈妈抢着替朱湾回答。

"哈哈，可不是，放完屁不就是拉屎。"爸爸大笑。

开车和小朋友一起去郊游，那就更夸张了。

妈妈开车，爸爸坐在前面的副驾驶上，朱湾和比她小几岁的好朋友浩儒在后面座位上热烈地聊着天。

"鼻屎，爸爸，给你！"浩儒掏了一下鼻孔假装给他的爸爸。

朱湾马上配合着疯狂大笑。

"我还吃过鼻屎，是咸的。"浩儒突然又很大声地补充道。

"哈哈，哈哈哈！"大家集体大笑起来。

看来浩儒同学也进入了这个"不雅"阶段。

"我们班同学上课还经常放屁呢！我和好朋友最喜欢在学校厕所的飘窗上聊天，一边闻着厕所味道一边聊得特别开心，很有意境。"朱湾很自豪地炫耀着。

"我们幼儿园的一个小朋友睡觉时以为下雨，原来是他上铺的小朋友尿床了。"浩儒又说。

两个小朋友越说越起劲儿。

"我们小时候上学的时候放了屁还用手抓，捂着不松手，看见有同学过来再松手，放他鼻子边臭死他。"爸爸也来凑热闹。

## 7
### 画 屁

"哈哈，哈哈哈！"两个小朋友在车里笑得前仰后合。

"别呆笑了，一会儿笑岔了气！"

妈妈一边开车一边制止笑得特别夸张的两个小孩。

"朱湾，你知道吗，从前有个大画家叫顾恺之，写过一篇文章，专门讨论画画。他引用三国时期嵇康的话说：手挥五弦易，目送归鸿难。"妈妈貌似要转移话题。

"什么意思？不知道，什么龟红？红色的乌龟？"朱湾一脸懵懂。

"哈哈，五弦说的是弹琴，琴上面不是有弦吗？归鸿说的是往南飞的大鸟，鸿就是大鸟。"妈妈笑着解释。

"弹琴弹走个大鸟，大鸟怎么了？"朱湾很疑惑。

"哈哈，不是弹琴弹走个大鸟。他的意思是说，画画的时候画弹琴比较容易，因为弹琴有动作，可以看出来。但是画一个人在看飞走的鸟，就不太好画，看着远方的那种眼神不好表现。"妈妈耐心地补充。

这是头一天爸爸和妈妈两人讨论的专业话题。在美术史上这基本也是个共识：具体复杂的东西好画，抽象的感觉尤其是人的神情和心里感觉反而不容易表现。

"归鸿的感觉都不好画，你画屁不是更难？屁不光没有形状，还有臭味，怎么让人感觉到？如果让你再画你会怎么画？"妈妈突然话锋一转。

"嗨！那还不简单，屁股后面画一个尖的形状，再分开三个圈圈，后面再画三根线，表示放出去了。"居然在姐姐姐姐教的基础上又做了新的改进。

看来这两天琢磨得挺通透。

"或者我先画一个人，很害羞的样子，脸红红的。边上再画一个捂着鼻子、用手扇风的人，还有另外一个人捂着嘴，边上画个圈，里面写上'真臭、真臭'。"朱湾继续发挥着想象。

回到家的时候，朱湾还真照着说的样子画了一张"屁画"。

# Z·W

四年级的时候,有那么一段时间,朱湾似乎对有关名字的事情特别感兴趣。

头一天晚上,妈妈看见朱湾刚刚把学校的英语名字牌换成了"Laura",过了一天又听见她对英语课外班的老师说自己叫"Emily",后来跟同学聊天时又说自己叫"Linda"。

妈妈不知道朱湾的小脑袋里在想什么,看她每天都换名字,觉得好奇怪。

"小湾儿,你现在的英语名字到底叫什么?"妈妈看见朱湾又在忙碌地制作另一个新的名字牌,就凑过来问她。

"叫Julie。"朱湾一边在桌前涂抹着胶水,一边不假思索地说道。

"啊?名字又改啦!"妈妈惊呼。

"你为什么老把名字改来改去,每个老师都叫你不同的名字,你反应得过来吗?别再不知道老师是叫自己。"妈妈对她频繁地更换名字表示相当程度的怀疑。

"当然知道啦!我上课的时候都把名字牌放桌上,老师看着喊。"朱湾很是理直气壮。

看来,小家伙还真是自有她的办法。

"妈妈,我觉得外国人的名字特别好,名字很长,中间还有好多点,"朱湾

Z・W

刻印 ZW 印章

## 10
### 画个不停

十分羡慕地表示，"中国人的名字那么短，多不好玩呀！"

"那也没什么好羡慕的，外国人把自己的名字写上，还要写上他爸爸或者爷爷的名字，再写上家族的姓氏，所以显得特别长，其实平时喊的时候也是Jack、Joe、Tom那么简单，不要随便崇洋媚外哦。"妈妈打趣地说。

"那写出来也是很长的啊，还能加一堆点，多有意思！我觉得很酷！"朱湾仍然坚持自己的看法。

"名字写那么长有什么好处，考试还得写半天，多耽误时间。万一考试结束，名字还没写完不就麻烦了？"妈妈跟朱湾开玩笑，顺便举了个反例子。

"那不至于吧？"朱湾小声反驳之后陷入了短暂的沉思，妈妈说的似乎也有些道理。

"要说我们中国古代的文人，那名字更多。有名，有字，有号，斋号也可以有很多。有的画家有几十个名字，就像我们姓朱的大画家石涛，原来叫朱若极，别号无数，有'大涤子''清湘老人''苦瓜和尚''瞎尊者''原济'等，还叫过'粤山人''零丁老人''一枝叟'什么的，现在的专家研究他们，因为名字太多考证起来都要花很长时间呢！光把名字搞清楚都是一门学问。"

本来在一边专心看书的爸爸听到母女二人的对话，马上放下书，趁机给朱湾普及一下古典知识。

"不要一味地崇拜外国人，我们中国人起名字的艺术那可是更厉害的哟！"爸爸充满自豪地说。

"就像我？你给我起的斋号叫映碧小馆？"朱湾头也不抬地接上了爸爸的话题。

"上次我在学校说我字'映碧'，我们同学还以为我有好多硬币呢，都来找我要。"

"哈哈！你这个映碧是倒映着碧绿颜色的意思，正好解释你名字里的'湾'，不是钱的那种硬币。"爸爸大笑。

"古代人不光有字，还有号，有的人有几十个斋号，可以随时换着用。"爸爸接着往下说。

"那是像我这样想起什么字号就起什么吗？"朱湾似乎来了兴趣。

"那可不是随便起的，古代文化人起名字可讲究了。一般来说都是字解释名，和名比较接近，补充解释名。比如李白，字太白；关羽，字云长；陆游，字务观——观和游的意思差不多。"爸爸随手给朱湾举出几个例子。

"哦，我知道了，我们语文书上学的陶渊明字元亮，明就是亮的意思。屈原原名叫屈平，平和原也差不多。"朱湾突然有点明白了。

"对呀，小湾真是太聪明了！古代人除了名和字之外，还有号，号一般可以是自己的书房斋号，也可以表明自己的爱好、志向和趣味，或者是家里收藏了一个什么重要的好东西，比如吴昌硕，他的朋友送给他一种叫缶的容器，就是我们在南方看到的那种小口大肚子的缸，后来他就叫'老缶'和'缶翁'了。还有元四家之一的大画家吴镇，号梅花道人，就可能是他很喜欢梅花。还有你上次听故事里说的大画家徐文长，就是徐渭，他还号青藤居士，他故居里还有他亲手种的一棵老青藤。"

爸爸又絮絮叨叨地给朱湾讲了一堆古人的例子。

"比如你的号可以叫映碧小馆主人。爸爸的字是亮工，解释名里面的'曙'字，都是天亮的意思。爸爸的号有很多，比如南楼，我以前在扬州住的房子是清代著名的桐城派文学家姚鼐住过的房子，姚鼐就叫南楼，爸爸以住过这个房子为荣，也延续这个斋号叫南楼。"

"爸爸最喜欢吹牛了！"朱湾突然闷声闷气地说。

长大的朱湾最喜欢故意打击爸爸，表示自己不服气。

"哈哈！这不是吹牛，古代就有很多这样的例子。"爸爸赶紧装模作样地"狡辩"道。

"爸爸还有一个号叫'董庐'，是爸爸小时候老家的名字，表示纪念在那里

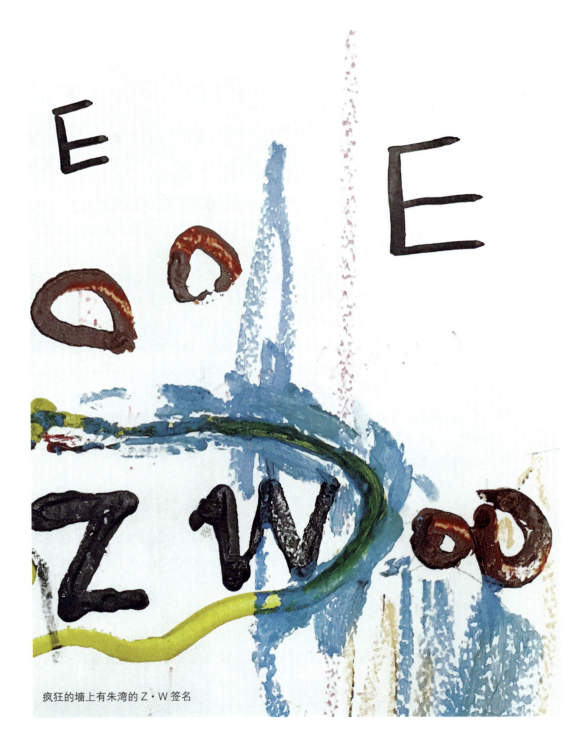

疯狂的墙上有朱湾的 Z·W 签名

生活过的日子，这个可不是吹牛。"

"啊，你说的就是奶奶家那个董家村呀？那儿有猪还有羊，地上都是鸡。"朱湾突然想起老家农村的样子，一下子很难把这么雅的斋号跟那里联系起来。

"是啊，不过起名字的时候可以雅化，爸爸的作品上就经常打董庐的印章，表示想念老家。"这次爸爸不吹牛了，又说起了自己的老家。

"爸爸现在还经常用'七叶山房'这个斋号，因为我喜欢咱们院子里的两棵七叶树，爸爸下次出随笔集的时候就准备叫《七叶集》。"

"哦，我明白了，那我为什么字、号那么少？"朱湾做着鬼脸假装气势汹汹地质问爸爸。

"你现在还小，以后自己可以慢慢起，比如你有喜欢的东西也可以起啊。陶渊明叫'五柳先生'，因为院子里有喜欢的五棵柳树，齐白石老爷爷就给自己起名叫'三百石印富翁'，因为他有三百方好的石头印，你不是也叫'石局长'吗？"爸爸开始转过来打趣朱湾。

"啊！原来齐白石老爷爷也这么喜欢吹牛，怪不得爸爸这么喜欢吹牛呢！爸爸的老师是黄爷爷，黄爷爷的老师是陈大羽爷爷，陈大羽爷爷的老师是齐白石，原来都是跟老师学的呀！"朱湾突然恍然大悟，这下更找到打击爸爸的证据啦。

"哈哈，你说得太对啦！艺术家都比较夸张。"爸爸看着小湾调皮的样子也跟着怪腔怪调地大笑。

"哼！我以后也要给自己起好多斋号，肯定超过你。"朱湾很不服气。

"妈妈的斋号叫耕香馆，因为妈妈喜欢种花、画花，花有香味，把花画到纸上就是耕香，清代的八大山人也有一方印叫耕香。妈妈以前还有一个斋号叫梧桐吟馆，因为我们上学的时候宿舍门口有一棵大梧桐树，很漂亮，妈妈特别喜欢，所以就叫梧桐吟馆。"妈妈这时也插上了话。

"不过，我还是喜欢名字里有点的。"朱湾坚持着对名字里点的喜欢。

## 14
### 画个不停

"那还不简单,你也可以给自己的名字起长点,中间也加上点呀。你把爸爸、爷爷的名字都加上,妈妈的加上也行,外公外婆都可以加上,中间都加上点,后面再来个费思米罗,或者卡鲁利亚之流的。"妈妈笑哈哈地跟她接着闲扯。

"妈妈,你知道凯文姓什么吗?"朱湾突然话锋一转。

"不知道啊?"妈妈听朱湾突然转了话题,感到很纳闷。

凯文是朱湾同学程子悦姑姑家的孩子,是个中美混血儿,爸爸是美国人。

"昨天程子悦的姑姑从美国回来,我们在操场一起玩,我问她凯文姓什么,她说姓卡斯特罗,叫凯文·卡斯特罗。"朱湾好多天前就想知道凯文姓什么啦,这下终于搞清楚了。

"妈妈再告诉你个名字带点的外国画家吧,就是《蒙娜丽莎》的作者达·芬奇,他的全名叫列奥纳多·迪·皮耶罗·达·芬奇。"

"达点芬奇吗?"朱湾顿时对达·芬奇的名字产生了兴趣。

"对呀,达点芬奇。"妈妈肯定着朱湾的说法。

"哈!我想好了,我的名字就叫朱·湾,英文名简称为Z·W。"朱湾立马举一反三地给自己起好了新名字。

"这个想法不错,你可以把Z·W刻个印章,王镛爷爷就有一方朱文印,是拼音缩写的WY。不过他那个Y可以笔画拉得比较长,好看,他很多作品都打这个印章,既是名字又是标识,你这两个字母写起来好像有点平均。"爸爸把自己的想法分析给朱湾听。

"我不管,我就要叫Z·W。"朱湾似乎已经打定了主意。

没过几天,妈妈果然发现朱湾的名字牌和画画签名都变成了Z·W,连家里的墙上都涂上了这两个字母。

再过了几天,妈妈又发现朱湾正在跟爸爸悄悄地商量怎么在石头上刻她的Z·W印章。

看来,这次是取到比较满意的名字啦!

# 石 局 长

正是旧历新年的时候，出版社的孙伯伯约我们全家到福建龙岩的武平过年。

从北京乘飞机到厦门，有朋友开车来接，再坐几个小时的汽车才能到武平。

武平是福建省西南山区里的一个小县城，气候温暖，即便是过年，穿一件厚毛衣基本就够了。跟北京的冬天比起来，可真算得上是温暖舒适。

武平的山水也好，沿途全是山，一座连着一座，跟一幅无尽的山水画卷似的。山腰上有缥缈缭绕的雾气，白茫茫的，如在仙境游。

一路上爸爸妈妈坐在后座上和孙伯伯闲聊着天，一边透过车窗欣赏着高速公路两边的风景。

车子在疾驰。

朱湾静静地躺着，头靠在妈妈的腿上，小脚丫脱了鞋放在爸爸的身上，一副悠然自得的样子。

她从小就跟着爸爸妈妈到处旅行，半岁大的时候从上海跟着妈妈到北京来看爸爸，爸爸那个时候还在清华园做博士后。不到一岁的时候，从北京跟着姥姥、姥爷、姨妈、舅妈一块儿去了妈妈的老家徐州，在老家过了一个多月又从徐州回到上海的家。两岁多的时候跟着爸爸单位的同事从北京一起去河南焦作云台山看红石峡。

爸爸妈妈给"石局长"淘来的清代老榆木柜子,里面全是各种各样的石头

石 局 长

由"石局长"掌管的石头

榆木柜子里的石头

朱湾珍藏在铁盒子里的石头宝贝儿

## 18
### 画个不停

后来又陆续去过扬州、西安、南昌、台湾、香港、泰国、韩国、巴厘岛、日本等不少地方，小小年纪也算是走南闯北的人了。

她很会调整自己，每次坐在长途车上，最喜欢的就是躺在爸爸妈妈的身上听别人聊天，或者自己听故事。偶尔谈到她感兴趣的话题时，就会竖起耳朵认真地听，然后突然冒出来插上几句话。

"这次邀请我们来的石局长是武平的一个局长，他可是个高人，很有能力，在当地办过学校、开过电厂，做过不少事。最了不起的是，他以个人之力收藏了上千块古代的牌匾，在全国牌匾收藏界是数得上的人物。"孙伯伯给爸爸细细地介绍将要接待我们的这位尚未谋面的石局长。

"哦，那真不简单，在这么个山区里的小县城竟有这样的大收藏家。"爸爸接着孙伯伯的话惊讶地说。

"啊，什么？石局长，真好玩，他是不是有很多石头啊？我也喜欢石头，我要去看他的石头。"朱湾听到这里一骨碌从妈妈身上坐起来，两眼放光地说。

哈哈，她还以为石局长是管石头的局长呢。

朱湾从小就喜欢木头啊、石头啊这样的玩意儿。在公园里、小路边、河滩上，只要看到漂亮的石头就不愿走，每次都蹲在那儿"研究"半天。有时候还把觉得好看的石头拣回家，精心地"收藏"在自己的盒子里，那是她的"藏品"。

她称这些拣来的石头是"宝石"，想起来的时候就会拿出来欣赏、品鉴，玩得津津有味。

妈妈觉得小孩子好像都有这种天性，自己小时候似乎也很爱"捡破烂儿"。

妈妈有时候还鼓励朱湾在石头上画各种画，专门买了丙烯颜料和调色盘，画得好看的放在客厅里展示，质朴可爱，不知道的客人还以为是哪个大师的作品呢。

"哈哈，这个石局长姓石，不是因为他有好多石头。"爸爸妈妈笑着跟朱湾

## 19
## 石 局 长

解释。

"石局长好像也收藏一点石头的,福建人嘛,都有收藏石头的传统。"孙伯伯跟石局长是老朋友,以前看过他的收藏。

"是的,福建的好寿山很多。"爸爸接着说。

两三个小时过去了,车子徐徐地驶入武平县城。

这真是一座小城,快过新年了,路上的行人依然不太多。

"这是石局长办的学校,这边是他家,那边是他办公的地方。"接我们的司机一边开着车,一边简单地介绍着。

车子开着开着已经到了宾馆,石局长出来迎接我们。

"这是北京来的朱教授和夫人,这是孩子。"

"这是石局长。"

孙伯伯一一给大家介绍。

朱湾在妈妈腿边上仰着头盯着石局长细细看,看看和她心目中想象的"石局长"有什么不同。

"今天你们吃完饭先休息,小朋友坐车这么远,肯定累了。明天再带你们去看一下我的牌匾,后天带你们到附近的山上转转。"石局长很热情。

这位石局长是个典型的福建客家人,个子不高,瘦瘦小小的,精明强干的样子。虽然和我们尽量说普通话,但还是带着浓浓的南方口音。

第二天起了个大早,朱湾兴冲冲地跟着去看石局长的收藏。他的收藏在一个几百平方米的大通间里,屋子很简朴,藏品可真是不少!古代的牌匾都整齐地放在一排排大铁架子上。

爸爸妈妈饶有兴致地参观着,石局长在一边介绍着那些牌匾的来历和收藏趣闻。这个是怎么淘到的,那个又是怎么和朋友交换的,每个藏品都有一段故事。

有的牌匾很大很宽,在架子上有几米高,虽然小朱湾去过不少大艺术馆、

## 20
### 画个不停

博物馆，但还从来没有这么近距离地见过这么多的私人藏品，她一会儿仰着头踮着脚看，一会儿又在一排排架子中捉迷藏似的跑来跑去。

"爸爸，这个是朱，跟我们一个姓呢。"

"这个是大，这个是忠，这个是堂，这个是信。"朱湾拣她认识的字得意地念着，俨然一个小文化人的样子。

"快来看，快来看，这个是同庆，和我爷爷的名字一样哦。"

她居然认识"庆"的繁体字了！看来平时书法还真不是白练的。

"这个是什么人？这个宝盖头的是什么字，这个单人旁的是什么？"

牌匾上还有好多繁体字，朱湾一下子不能认识那么多，频频地拉着爸爸发问。

"宝盖头的那个是宝贝的宝字，单人旁的那个是伟大的伟，那个是举人。"爸爸耐心地解释着。

欣赏完牌匾，石局长引我们到内间茶室喝茶。

里面的房间也挤得满满的，有些凌乱，有一些石局长收藏的古家具、杂项，确实也有一些奇石。他听说朱湾喜欢石头，专门拿出一些寿山石的石料给我们看，都是挺好的料子。

在武平过了几天，又到龙岩，还去附近的梅州玩了几天，参观了著名画家林风眠的故居，好几天后才返回北京。

回来没几天，爸爸收拾桌子，把他那些准备刻印的石头全部翻出来，一块一块地斟酌。

在一边玩耍的朱湾突然兴奋地跑过来自告奋勇地说："爸爸，我要当石局长。"

"哦？好啊！"爸爸先是一愣，接着大笑。

"那你以后就帮爸爸收拾石头，家里所有的石头都归你管。爸爸要刻什么印的时候你就帮我准备石头，怎么样？"爸爸乐得有个小跟班帮忙。

## 石 局 长

"谁要用石头都要经过石局长的批准。"爸爸开始给朱湾戴高帽子。

"好,太好啦!我成石局长啦!以后你们必须叫我'石局长'才行!"朱湾认真地发布着自己的"任职声明"。

"好的,好的,石局长。"爸爸妈妈同时表态。

从那天以后,朱湾还真履职了。她和爸爸一起把家里的几百方印石收拾得整整齐齐,按顺序摆放在不同的盒子里。

"这种发绿的是青田,偏黄的是寿山,这个有点红的是老挝石。"

"这种淡绿的有点透明的是封门青,青田石里面最好的,我都舍不得用。"爸爸一边摩挲着自己的美石一边趁机给朱湾传授石头的知识。

渐渐地,朱湾认识了不少石头的品种,还学会了磨石头。擦印章上残留的印泥、收拾常用印成了她的日常工作。

爸爸要刻印,大喊:"石局长,给我拿一个小的青田。"

"石局长,把上次磨的那个大块的寿山石找出来。"

"石局长,把那个石头磨一下,昨天给你看的带纽的那个。"

听到命令,"石局长"就屁颠屁颠地忙去了。

去年2月,全家访问日本东京,日本顶级的大收藏家高木圣雨先生专程带我们到箱根的寓所看藏品。

高木先生收藏甚富,在一间书房里,他和助手取出很多藏品给我们欣赏。在我们看清代碑派大家邓石如先生的"海为龙世界、云是鹤家乡"大对联的时候,转身发现朱湾正坐在地上把吴昌硕和齐白石刻的几方老印章和盒子放在一起搭积木,玩得正嗨。

我的妈呀!这些石头可不是一般玩耍的石头,哪一个都是艺术史上难得一见的名家精品啊!博物馆也没有这样高级的藏品。

"石局长"这下可玩大了!

幸亏地上全铺着地毯,把我们给惊出一身冷汗。

## 22
### 画个不停

今年暑假,爸爸妈妈在北京东郊高碑店明清家具一条街的一家古家具店里淘到了一个清代的老榆木柜子。这个柜子细细高高的,造型简洁,古意盎然,从上到下全是抽屉,一共有十几层,放印章非常合适。

爸爸说等柜子送回家就把所有的印章、石头都放里面,以后找起来就很方便。

这事儿交给"石局长"办。又可以让她忙活好一阵子了。

# 学 印 记

朱湾初学刻印其实有些偶然。

虽然爸爸经常在家刻印,家中藏的古印谱也有不少,学生们也常常拿印来让爸爸评讲,但她都是自己玩自己感兴趣的东西,好像并不曾认真留意过这些。

但是,任何事情都会有个起因,不是吗?

大概在一年前的夏天,有位朋友从江苏宜兴给爸爸快递来一箱子重得要命的东西,打开一层又一层的包裹之后一看,全是紫砂的印坯。这些印坯做得特别精致,一水的深紫褐色,光溜溜的,还有桥纽。

当时朱湾正在爸爸办公室里玩,突然看到这一箱子"宝贝",顿感兴趣,兴奋地摸来摸去。

"这是什么东西,寄来是干什么的呀?"朱湾最喜欢拆礼物,看到新奇的东西也总是很喜欢问问题。

"这些是紫砂印坯,在上面可以刻印,刻好后再拿去烧,烧好就成了印章。"爸爸一边清理着包裹一边耐心给她解答。

"那这个紫砂印坯好刻吗?"朱湾惊讶地继续追问。

"好刻,这些没烧之前是泥坯,很容易刻,刻好了再烧,烧好就变硬了,成了紫砂印。"

## 学 印 记

"啊！这些泥块真能变成印章？"朱湾将信将疑。

"要不你来试试？"爸爸看她这么上心就开心地逗她玩儿。

"好啊，好啊，我要刻紫砂印。"没想到朱湾态度非常积极。

"那我给你先写个印稿，你再刻。"爸爸说。

爸爸也是个急性子，要做的事马上就要做。

"什么是印稿？"朱湾一头雾水，原来从没仔细看过爸爸刻印，还不知道刻印要打印稿。

"印稿就是先打出来要刻的内容的稿子，要不你也不知道刻什么呀，不过字要写反的，爸爸小时候最喜欢写反字了。"

朱湾本来以为就是把想刻的内容直接刻上去，没想到印章里居然还有这么多讲究。

"为什么字要写反的？"朱湾兴致勃勃地继续问。

"反字写在印面上，刻出来要再打在纸上，正好又是反过来的，这样看起来才是正字呀。"

"爸爸小时候最喜欢玩的一个游戏就是把反字写在镜子上，让阳光照在白墙上，墙上出现的字就是正的，特别好玩儿。"

爸爸一边解释着一边开始用毛笔在印面上打出印稿。

"你看，这个字是语文的语，下面一个是开花的花，就是你前几天临的齐白石老爷爷篆书上的两个字。"爸爸把打好印稿的印坯拿给朱湾，同时又把手里的刻刀递给她。

"你沿着爸爸写的笔画用刀刻一下试试。"

"怎么刻呀？好好玩呀，不会刻到手吧？"朱湾第一次郑重地拿起刻刀，坐在爸爸的桌子前，又兴奋又有点紧张。

平日里爸爸用完刻刀就要收起来以防伤手，也怕朱湾不注意当了玩具伤到她。这次朱湾是第一次真正拿刀。

## 画个不停

"你右手把刀立起来一点，手握紧了，左手握住印，抵在桌子上，用一边的刀尖用力，往前刻，不要怕。"

"只要不刻到手，就是成功了。"

爸爸伸手过来帮朱湾调整姿势，同时非常细心地交代着朱湾。

爸爸妈妈同时在一旁胆战心惊地盯着朱湾握住刻刀的胖乎乎的小手。

紫砂印挺大，朱湾的手有点小。

"千万不能刻到手，握紧！"爸爸再次叮嘱。

一刀下去，刻刀还算听话，紫砂印没有想象的那么硬。

"很好刻，不硬。"

爸爸妈妈稍稍放下了提着的心，朱湾也吁了一口气。

有了第一刀，朱湾的胆子就逐渐变大了，顺利地按照印稿继续往下进行。

"不错，就这样，中间一定不要用嘴吹灰，刻一下把灰在垫纸上磕一下，不然会眯到眼睛。"

"印坯可以转动，不好刻的地方调整好方向再刻。"

"那个边上的笔画可以粗一点。"

爸爸在边上循循善诱。

"刻好了！"朱湾长舒了一口气，像完成了一个大任务似的。

还好，不光手没有受伤，并且把两个挺复杂的字都刻出来了。

"不错！不错！很成功，咱们打出来看看吧。"爸爸高兴地夸奖着，从抽屉里拿出专门打印的连史纸和印泥盒子，又用一把旧牙刷把印面刷干净。

"打印时一定要让印面全部蘸到印泥，保证每个笔画都不漏掉。"

"打的时候要用力，印的四个角都要使劲。大印还要反过来用指甲摩一下，不然打出来不清晰。"

爸爸絮絮叨叨地说着帮朱湾打出了她平生刻出的第一方印。

朱湾看着爸爸打印，兴奋地等待着即将新鲜出炉的印章。

学 印 记

朱湾所刻部分印章

紫砂印和篆刻工具

画个不停

大富昌乐未央

心心相印

语花

"真不错！"爸爸拿着打出的印细致地琢磨着表扬道。

"宝宝，真棒！太好了，宝宝会刻印啦！"

"这下子书画印都会了！小湾儿，你太牛啦！"

妈妈也凑过来和爸爸一同看朱湾刻的第一方印，接着在一旁伸出大拇指夸张地赞叹。

每次看到朱湾学习了新的本领，哪怕是一丁点儿的进步，爸爸妈妈总会很认真、由衷地表扬，让她体会到进步的喜悦。

"我还要刻，好玩儿。"

朱湾见爸爸妈妈都大力表扬，顿时觉得从刻印中找到了乐趣。

当天紧接着又刻了"心心相印""花草精神"等好几方紫砂印。

尽管这几方小印有点稚拙、生涩，但是，毕竟自己动过手才知道刻印是怎么回事了呢。

本来嘛，小孩子一般都会对刻刻画画的事情很感兴趣，喜欢玩泥巴也是多数小孩的天性。刻印除了艺术创作本身之外，还带有一些手工艺的性质。

只要引导得当，小孩子喜欢上刻印是相当顺其自然的。多动手，技术的熟练是迟早的。

就这样，隔三岔五地，朱湾就光顾爸爸的办公室，陆陆续续地刻了一批紫砂印，逐渐掌握了刻刀的用法，一次也没有伤到手，并且兴趣渐浓。

今年暑假的时候，爸爸在家里收拾散乱的印石。已是"石局长"的朱湾在一旁一会儿捣乱一会儿帮忙。忙不迭地把石头拿进拿出，摆来摆去。

"这些都归我！"朱湾强行把自己认为好看的石头从爸爸的盒子里拿出来放到边上自己的盒子里。

"石局长，你有这么多好石头，我们今天学刻石印怎么样？你都会刻紫砂印了，要不咱们试试石头的？"爸爸笑着对忙来忙去的朱湾说。

"好啊，石头难刻吗？"朱湾表示出很有兴趣的样子。

学 印 记

紫砂印坯

"不难，掌握了方法就不难，你可以先用青田试试，青田石比较好刻。"爸爸趁机因势利导。

"拿这个，先去水池边磨一下。"

"石头还要磨？"

又有新鲜事要干了。

"对呀，楼下抽屉里有细砂纸，慢慢磨，把它磨平了，才好刻。"爸爸吩咐着。

"好了，已经磨平了，可以刻了。"不一会儿，朱湾就拿着磨好的印石开心地走到桌子边。

"啊，这就叫平了？四个角都还有弧度。"爸爸带着朱湾又去水池边返工了。

"磨石头也有方法，首先砂纸要放在一个特别平的地方，顺时针和逆时针都要磨，按住四个角用点力。"爸爸又教给朱湾磨石头的技巧。

"这样石头差不多了，我们今天先刻个简单的，就刻今年的纪年——丁酉。"爸爸磨完石头又帮着打出简单的印稿。

"这个石头要比紫砂印硬很多，手上的劲可要跟上，要不然就刻不动了。"

"石局长，挑战一下吧！"爸爸跟朱湾开玩笑。

"还好吧，是比紫砂印硬，但是也很好刻呀。"朱湾试了试刀，满怀信心地说。

小小的人儿，还有点胆气。

有了刻紫砂印的经验，也算不是新手了。虽然手上用的力气大些，但方法基本是一样的。

"是呀，能刻动说明你用刀的方法对了。听你用刀的声音很顺畅，说明没问题。"

"不错，很有金石气！"爸爸站在朱湾身后看着又夸赞。

## 学 印 记

"金石气？什么是金石气？"朱湾不解地问。

"夸奖你你都不知道啊。"妈妈在旁边笑。

"金石气呀，就是刀刻在石头上特有的一种味道，线条比较挺括。"爸爸试图用一些简单的词来讲给朱湾听。

"刻好了，你看。"朱湾倒是相当利索。

"真不错，小湾很有悟性，就是这样用刀的，能在石头上刻才算真会刻印。"爸爸一边把印打出来一边鼓励。

"啊？那我原来还不算会刻印呢？"朱湾忽然醒过神来说。"也不能完全这么说，但能在石头上刻才算掌握了真本领。"妈妈赶紧帮忙解释。

对于朱湾来说，从刻紫砂印过渡到刻石印似乎没有什么太大困难。

后来，她又陆陆续续刻了"知己""唐豆""小豆""君子"等两个字的印。

朱湾刻印动作很快，又专注。只要一拿起刻刀坐下来，就像变了个人一样，特别沉稳。

她从中找到了乐趣。

国庆节放假，王硕姐姐从学校回来，两人一起聊天、一起学刻印。

姐妹俩一边刻着印，一边聊着老师、同学、电视剧、课外书和各种八卦。

中秋节的晚上，刻了一方"西江月"。

给妈妈刻了"匠心""煮石"。

后来，由两个字开始增加到三个字，"乐石人"是给石局长自己刻的，"花常好"在妈妈的画上也可以用。

三个字又增加到四个字。

爸爸说学印和学书法、学画一样，也是需要从临摹入手的，最好从秦汉印开始。

朱湾和姐姐一起又跟着临了一些秦汉印，有"关中侯印""司马戎印""司

## 34
### 画个不停

马金印"等。

爸爸为了提高朱湾的学习兴趣，对她不吝表扬。表扬的同时还拿陪练的姐姐做比较，把正上大学学工科的姐姐大加贬低。

"王硕，你看你的用刀，老是挖来挖去，线条一点都不流畅。"

"你看，你这个字和朱湾不能比，弯弯曲曲的。"

"王硕，都刻成这个样子啦，真是没有朱湾的好。"

朱湾听了爸爸对姐姐的贬低笑得咯咯响，姐姐一是没有朱湾刻的多，不如她技法熟练，二是虽然比她年龄大，却是理工科的思维，确实在艺术感上没有她敏锐。

"好了，好了，也不能为了让朱湾学好而对姐姐打压得这么厉害。"妈妈在一边打圆场。

妈妈是朱湾写书法的陪练，也经历过被"打压"的苦恼，主动过来帮姐姐解围。

"哎呀，不好了，我这个线又刻出去了，都不好修了，还真是没有朱湾刻得好，确实没有她线条那么好看。"姐姐也皱着眉承认。

朱湾在一旁更加得意了。

朱湾的篆刻作品越来越多，刀法也越来越熟练。

"小湾儿，你有这么多作品了，爸爸给你找个木盒，把它们全装进去，过一阵看看能积累多少，好不好？"

爸爸给朱湾找来一个原木的盒子，她细心地把自己最近的成果都装在那个木盒里，在盒子盖上用毛笔郑重地写下"朱湾治印"几个稚拙的字，印的最后一笔还用汉简的方法拉得长长的，很有装饰味。

朱湾盒子里刻好的印越来越多了，满满当当的。

"咱们今天晚上做个印屏，把你刻的印都集中起来展示一下，怎么样？"爸爸跟朱湾商量着。

学 印 记

"什么是印屏?"

"印屏就是把你刻好的印打出来,用剪刀沿着边剪下来,将它们贴在一张大纸上,像个屏风一样的。"

"用什么贴呀?"

"用胶棒贴。"

"好啊,好啊,我最喜欢贴东西啦!"朱湾欢快地说着,乐颠颠地去准备剪刀、胶棒去了。

爷儿俩剪剪贴贴忙活了半天,做好的印屏装在画框里,的确很像那么回事。

# 说不清的达利

"妈妈,今天美术老师给我们看了好多达利的作品,特别特别神奇,你知道达利吗?"

朱湾一放学,看到来接她的妈妈劈头就问。

看来关于达利的若干问题,她是特意在学校里攒好了留给妈妈的。

在朱湾的心中,能把在学校学到的新奇知识尤其是美术知识和妈妈探讨一番,是非常有趣的事。

"知道啊,就是那个怪怪的、眼睛瞪得溜圆、胡子翘得老高的画家,他画的那个《软表》,钟表都是软的,耷拉在桌子上。"

妈妈拉着朱湾的手一边往前走一边形象地描述着,两人边聊边穿过成群结队放学的小朋友。

朱湾在学校课堂上能够接触到的这些画家,一般都是美术史上响当当的人物,对作为专业画家的妈妈来说,知道这些还算不上是什么难事。

"对!对!还有的手表挂在树杈上呢,就像要流淌下来一样。"

朱湾见妈妈知道达利,就惊喜地和妈妈继续探讨。

她大概以为妈妈只画中国画,不一定知道这些奇怪的西方画家吧。妈妈平时跟她聊得更多的是些中国古代的大画家。

"我记得边上好像还有个怪怪的东西,后面是远山、大海。"妈妈在记忆中

## 说不清的达利

达利 1938 年创作的《龙虾电话》

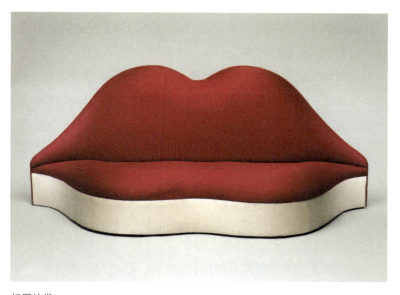

红唇沙发

搜索着这幅画的信息,一边不是很确定地回忆着。

"是的,边上那个软的东西我觉得是个人,因为有睫毛。"朱湾边说边肯定着自己的想法。

"也可能是人,也可能不是人,达利是个超现实主义画家,他经常画自己做的梦,画的东西都比较奇怪,不一定存在于现实世界里。"

妈妈正想着到底该怎么给朱湾解释清楚"超现实主义"这个对小朋友来说不太好理解的概念。

"对,对,我们老师也说了,达利是超现实主义画家,我们班同学都觉得他画得奇怪,可是我觉得一点都不奇怪,很正常啊。"

朱湾摊了摊手,似乎对超现实主义并没有什么不明白的地方,又高兴地讲起她们班级里同学们上课的情况了。

她这个年龄的小孩,热爱自己的集体,也很喜欢聊自己班级的集体生活,什么事情都拿自己班级的同学作参照。

在集体里的朱湾,又喜欢自己是特别的,平时还喜欢故意做点奇怪的事情,以彰显自己的存在感。

比如别人说这件事奇怪,她就故意说不奇怪,很有点特立独行的范儿。

"《软表》这个作品还有一个名字,叫作《记忆的永恒》,是达利最重要的代表作之一。"

妈妈想结合着作品跟朱湾接着往下聊,看看她在学校都学到了什么好玩儿的知识。

"我知道,我们老师也讲了。那你知道软表边上那些黑点是什么吗?"朱湾突然反过来要考考妈妈。

"啊?我怎么不记得有什么黑点?"

妈妈还是上大学时候看过达利的作品,已经记不清楚那些特别具体的细节了,一时竟有些回答不上来朱湾的问题。

说不清的达利

记忆的永恒

萨尔瓦多·达利

## 画个不停

"是蚂蚁！"朱湾很得意地说。

"对，对，应该是蚂蚁，他好像还喜欢画外表坚硬内部柔软的面包，还喜欢画马、拐杖，那些都是他画里面出现最多的物体，也是他常用的符号，其实都有隐藏的含义。不过他最喜欢画的就是他的梦境。"妈妈在朱湾的提醒下，脑海里达利作品的细节也逐渐浮现出来。

"那你知道达利是哪个国家的吗？"妈妈也有意考考朱湾。

"意大利？"

"错！"

"德国？"

"也不对！"

"达利是西班牙著名的画家，跟毕加索是一个国家的。"

"哦，原来如此！西班牙还挺牛啊，都是大画家。"朱湾惊讶地回答。

"那是，西班牙可是个艺术性很强的国家，还有个大建筑师高迪，设计的房子也特好玩。"妈妈应声说道。

"那达利每天都画自己的梦，怎么记得的，我怎么做的好多梦早上起来就忘了呢？"

朱湾很好奇达利为什么每天都能那么清楚地记得自己的梦，还能把它们画得那么像。

"他画的梦也不一定都是他自己真正做的梦，而是表现那些不是现实的、荒诞的东西，用不合情理的、稀奇古怪的方式表达出来，感觉像梦境一样。"

妈妈觉得这些超现实的概念给孩子讲起来确实不大好理解，很抽象，又有些互相矛盾。

"他把梦境中的东西画得特别细致，看起来像真的一样，让人觉得像幻觉，有时候还要表现那种自相矛盾的视觉形象，越细致就越让人感到奇怪。"

妈妈觉得越讲越绕了，再多讲的话就快把自己给绕糊涂了。

## 说不清的达利

"我等会儿回家找画册上的资料给你看看吧,再看点儿达利其他的作品。你们老师怎么忽然想到讲达利的?"

妈妈觉得老师给小孩子看达利的作品,稍微有点早了。对小学生来说,似乎不是那么好懂。

"老师让我们画奇妙的组合,看谁想得最特别,就让我们看看达利的作品找点灵感,我得了'优+',老师还表扬我啦!"朱湾很得意。

"哦,原来是这样!"妈妈这才明白了老师的用意。

"那你画的是什么奇怪的组合呀?"

"我画的是一个女孩。她戴着帽子,帽子上面是一个城市,城市里有各种车、跳楼的人、放风筝的人,还有张可儿和她爸爸妈妈那样的警察……"

"那真是个奇妙的组合,不错,不错!"妈妈也觉得朱湾的创意和想象力都很好。

两人边走边聊,很快就回到了家。

妈妈打开一本美术史的书,想给正对达利和特别事物感兴趣的朱湾再找点儿资料看看。

"湾儿,书上说达利的这种画风是因为他受了弗洛伊德思想的影响。弗洛伊德是谁你知道吗?"

"不知道啊。"朱湾毫不掩饰地回答道。

"他是个大思想家,提倡重视潜意识,达利画梦就是画的潜意识。"

妈妈觉得书上的解释对于朱湾来说好像也不是很容易理解,又怎么能给小孩说清楚什么是潜意识呢?

"不过达利的名言十分有趣,我念给你听听。"妈妈尽量找些朱湾好明白的内容讲给她。

达利的名言是:"我同疯子的区别,在于我不是疯子,我和正常人的区别,就是我是个疯子。"还有:"每天早晨醒来,我都在体验一次极度的快乐,那就是成为达利的快乐……"

"哈哈哈！好玩，我同疯子的区别，也在于我不是疯子。我和我同学的区别，就在于我是个神经病。"朱湾模仿着达利的名言在床上跳来跳去大笑着说。

"学得还真快，并且能学以致用。"妈妈笑着打趣儿。

有时候朱湾有些特别的想法，她最好的好友会开玩笑说她是个神经病，为这，朱湾还挺扬扬得意的。

"你每天也在体验着成为朱湾的极致快乐！"

妈妈说完也跟着大笑。

"达利还和别人一起合作拍过电影，一部叫《一条安达鲁狗》，一部叫《黄金时代》，也是怪诞派，有点神秘，他还给希区柯克的电影画过布景。"

"希区柯克是个大导演。"

妈妈按照书上的介绍选择性地给朱湾往下念。

"他还做过好多雕塑，你看看！好多作品上面都有软的表，不光是《记忆的永恒》那张画上有。"

妈妈喊朱湾过来一起看图。

"他还做过好多设计。比如……"

"龙虾电话、红嘴唇沙发！"

朱湾飞快地抢着说。

"老师都给我们看了。"

看来老师讲得还真是挺细致。

"达利还说机械、生硬的物体是我的天敌，对钟表而言，它要么是软的，要么就根本不存在。"

"我也觉得钟表是软的，那有什么奇怪的。"朱湾又开始展示她的"小特别"，一本正经地看着妈妈说。

"我还觉得水很奇怪呢！你看游泳的时候人不使劲儿也能漂起来。你看着

## 超级水壶

"妈妈,我今天在学校美术课上设计了一个超级水壶,老师觉得我画得特别好,又表扬我了。"朱湾一放学就兴奋地告诉妈妈。

"真的吗?小湾太棒了!妈妈就知道小湾是最棒的!"妈妈用力地举了举右手,做出加油的样子,然后毫不吝惜地夸赞道。

"我设计的水壶可好了,特别复杂,功能特别全面,你看了肯定很想买,是真正的超级水壶。"朱湾十分自豪地继续推销自己的作品。

"怎么个超级法子?说来听听?"妈妈耐心地问。

"等会回家给你看图,你就知道了。我今天把美术本都带回来了,就在书包里。"朱湾仍然沉浸在激动的情绪中。

"怪不得今天我觉得书包那么重呢,原来你把美术本也塞书包里了。"妈妈刚一接过书包就觉得超级重,正想发问。

朱湾上学用的美术本都是大八开的速写本,非常厚重,一般情况下是不拿回家的,放在课桌下面的位斗里,只有学期结束时才从学校背回家。

"对呀,我专门拿回来给你看的,就是让你看看我设计的到底有多好。"朱湾的自信劲儿又来了。

"哦,那谢谢了啊,等会儿到家妈妈要好好学习欣赏。"妈妈笑眯眯地故作十分谦虚地跟朱湾说着。

朱湾设计的多功能超级水壶

## 超级水壶

两人一路说说笑笑,很快回到了家。

"妈妈,你看,这就是我设计的超级水壶。"刚一进家门,朱湾就迫不及待地从书包里掏出自己的画画本,双手递到妈妈面前。

"哇!这么复杂!功能也太多了!"妈妈看着水壶边标注的密密麻麻的说明文字惊呼。

"你仔细看看,有好多功能你肯定没见过,还是我告诉你怎么用吧。"朱湾看着妈妈吃惊的样子,更加来劲儿了。

"好吧,我一边看,你一边讲。"妈妈坐在桌前的椅子上说。

"你从上往下看,首先这个水壶分两个部分,有两个出水口,一个是喝白水或者果汁时使用的,另一个是喝热咖啡和热可可专用的。"朱湾按照自己的思路开始细细介绍,样子很像一位小老师。

"这个考虑得倒是真周到,有的人喜欢喝凉水,有的人就不能喝凉的,比如我,喝完凉水胃就不太舒服。"妈妈跟着评论,同时也为朱湾的周到考虑感到欣慰。

"这个黄色的按钮会叫?"妈妈疑惑地念着。

"哦,就是如果你携带超级水壶登山时,超过一定的海拔水壶就会自动提醒。"朱湾解释道。

"哦,就是相当于海拔警示器,意思是假如海拔太高了,它会自动报警,让水壶主人注意对吧?"妈妈似乎明白了朱湾的意思。

"对,对,就是这个意思。"朱湾兴奋地说。

"那你可以标注时不这么写,还不如直接写'海拔警示器',或者'海拔报警系统',使用的人更容易明白。"妈妈提出自己的建议。

"好吧,下次可以这么写。出水口的右下方是开关,开了才可以喝到水,关上,水就不会漏出来。"朱湾接着讲解。

"哎,朱湾,是'漏水'不是'露水',这是个错别字,快拿支红笔来,妈妈帮你改一下，这个'漏'字，偏旁是三点水，那个是 lu 水，夜里下的露水，不是一回事。"妈妈是个编辑，一眼就看出了错别字。她嘴里一边纠正着朱湾的错字，一边拿了支红笔熟练地用编辑符号做了修改。

"再右下边是个 siri 按键，按了之后可以问问题。"朱湾往下继续介绍。

"这个好先进，是和手机上的 siri 一样吧？可是 siri 需要有网络才行吧？"妈妈看到朱湾这么高科技的设计狐疑地问道。

"对呀，我这个水壶本身就可以联网呀，除了无线网，还可以连接 4G 呢。"朱湾显然对自己的高科技设计很满意。

"哇！厉害，真先进！"妈妈不由感慨地夸赞道。

"再往下这个红色的按钮可以听音乐，也可以收听广播。边上这个是手电筒，手电筒可以放在上面，也可以取下来，如果遇到晚上，可以照明。再下面是个移动电话，如果走到无人区，依然可以和外界联系。"朱湾按照自己的思路一一介绍。

"这个电话长得有点像计算器，我还以为是个计算器呢。"妈妈笑着说。

"电话也可以做计算器用，杯子中间是时钟，这个肯定能看出来吧？下面带紫色花纹的地方是另外一截，应急时也可以拔下来给别人倒水喝，不会互相传染疾病。左上角的两个紫色按钮可以保温和制冷，你可以根据自己的需要调节。左边中间部分显示你所在的地区和季节，下面是当前温度。"朱湾把左边的功能又介绍了一番。

"左下角绿色的部分居然是个大帐篷，这个放在水壶上有点重吧？"妈妈惊诧地发问。

"我设计的是超轻帐篷，不会太重的，把这些功能都放在一起，你不觉得很方便吗？"朱湾反问道。

"方便，方便。"妈妈怕打击朱湾的积极性，赶紧笑着肯定。

"下面这块像美人鱼尾巴一样的东西居然是扫帚，还标注了可以打扫床铺，我怎么觉得拿个水壶扫床有点怪异呢?"妈妈一边想象着用水壶扫床的奇怪场景一边评论道。

"哎呀,这是在野外啦!又不是让你扫咱们家里的床,哪里要讲究那么多?"朱湾急了,大声反驳说。

"哦,原来如此,看来妈妈的理解力有点落后啊!不过你这个设计的确是超级水壶,你是不是参考了上次倪伯伯和郑阿姨送咱们的地震应急包?那个包里也是什么都有,还有手套、铲子和应急药品什么的,好像里面有无数种东西,简直可以充当一个临时的家。"妈妈勇敢承认自己的不足,同时又想起了家里的那个无所不有的地震应急包。

"有一点参考,不过我的可比那个应急包更先进,所有功能都集中在一个水壶上,所以才叫超级水壶啊!我饿死了,妈妈你快做饭去吧。"朱湾讲完了自己的设计,忽然想起自己已经饿得不行了。

"好吧,马上做饭。妈妈以后出门就带上你设计的超级水壶了,肯定超级无敌方便。"妈妈利索地表完态,转身走到厨房做饭去了。

"你可以携一个水壶走天下!"妈妈在厨房里又大声补充了一句。

"我就是这么想的!"朱湾在房间里应声回答道。

# 巨　印

"爸爸，我们等会儿刻印吧？"朱湾一边急急地吃着晚饭一边仰着小脸儿热切地向爸爸提出申请。

"我今天要刻那个巨印！"还没等爸爸回答，她就继续大声地声明自己的想法。

爸爸书桌上放了个八厘米左右见方的大寿山石，朱湾似乎已经觊觎很久了，几周前就主动地把石头磨好，最近一直闹着要刻。

爸爸可能觉得她学印还不算太久，这么大的印不是那么容易成功，而且这种大印刻起来很需要手劲儿，同时也需要一个整块的时间段，所以一直没有明确的态度。

"好啊，等我吃完饭咱们再刻怎么样？"

爸爸的态度不太积极，难道是舍不得他的大石头吗？

"等不及啦！我都吃完了，能不能现在就刻？"朱湾迅速地站起身，利索地擦擦嘴边的饭渣儿。

她的脾气和爸爸妈妈很像，是典型的急性子，想做的事情要立即做，拦都拦不住。

"我要爆炸！我要爆炸！"朱湾又飞快大声地说，生怕引不起重视。

每当她特别想写字、画画或者刻印的时候，就会大声说："我要爆炸！我要

巨 印

巨印

部曲督印

爆炸！"其实就是艺术家有灵感的时候，她只是不太会准确地形容这种感觉。

妈妈觉得她应该是到了那种很有创作冲动，特别想表达一番的时候了。

妈妈其实又何尝不是那样呢？自己想要画一幅画或者创作其他作品的时候，如果憋了很久又不能抒发、表达出来的时候，也的确是有种想要爆炸的感觉。

爸爸妈妈也讨论过这个话题，艺术家创作的时候确实要有冲动，有灵感的时候和没灵感的时候创作出来的作品是不一样的。

所以说，当灵感来了，一定要抓住机会。

"快去吧，你也别吃了，免得她一会儿过了劲儿。"妈妈体会到朱湾急切的感觉，急忙在一旁用眼神示意爸爸，低声催促着。

"等会儿过劲儿了，你求她她也不刻。"妈妈看爸爸没有动的意思，继续加快督促。

妈妈是有经验的，以往让朱湾画画的时候就是这样，想画的时候拦都拦不住，那种创作的激情是往外喷射的。如果没感觉，真是求她画她也不画。

小孩子除了创作冲动之外，兴致更是一阵一阵的。要想让她学好，就要趁她有兴趣的时候。

"好，好，不吃了，小湾儿，咱们今天就临个汉印吧？"爸爸迫于母女二人的"压力"，只好推开吃了一半的晚饭，起身和朱湾商量。

国庆节放假八天，每到晚上朱湾"就要爆炸"，已经连续"爆炸"了几个晚上，总共刻了十几方好印。每天都有两三方成功的，有一天晚上居然一口气刻了四方，累得胳膊酸软还觉得不够尽兴。

以她十岁不到的年纪，能够这样持续对刻印有兴趣还真属难得。毕竟刻印既要脑力又要体力，在桌子边一坐就是小半天。

以前让她练书法时可不是这样痛快的，每次都要催促好几遍才肯去写，写一会儿还要溜达半天。

巨　印

"啊，不要！不要！今天我要自己创作！你昨天不是同意让我刻那个巨印的吗？"

朱湾双手拿起那块沉甸甸的大石头，示威似的举到爸爸眼前，当场就要下刀。

"这个石头太大了，又比较硬，你可能刻不动！"爸爸好言好语地商量。

"不会的，我肯定能刻动。"朱湾坚持着。

"大印和小印用刀也不一样，每个笔画都要加粗，很累的！"爸爸试图设置各种困难。

"没事啦，我才不怕！"朱湾豪情满怀。

"还是再多练习几个小印，等手更加熟练了再刻大印不是更好吗？"

爸爸一方面舍不得自己的大印石，一方面也觉得朱湾刻这么大印没有把握，再次试图劝退。

"不行！你昨天说好了给我刻的，不能反悔！"朱湾跺着脚叉着腰大声地坚持着自己的意见。

"我今天就要刻巨印！"

"好吧，好吧，那就刻这个吧，不过你可要做好累呆的准备。"

爸爸终于禁不住朱湾的再三要求，加上昨天确实含糊地答应过她，也不好出尔反尔，转而开始吊她的胃口。

就这样，从初秋的晚上开始，爸爸写印稿，朱湾操刀，一天刻一个字，过一个星期等周末有时间的时候再刻第二个字，整整持续了三四周才把这个巨印初步刻好。

巨印初步刻好并没有完全结束，要细细修改，还要打出来才算完成。

"我要给你打巨印了，朱湾，你这么大个印打一下要用掉我四五十块钱的印泥。"爸爸故弄玄虚地跟朱湾炫耀。

"啊，这么贵呀！这么多钱我在博翼亮都能买好多笔和本子啦！"朱湾惊

朱湾就这样用了三四个星期的
时间才把这方巨印刻好

## 巨 印

讶地张大着嘴。

博翼亮是朱湾学校边上的一间小文具店，卖的货物琳琅满目，全是小朋友在学校用的、玩的，在她和同学们心中那里简直是应有尽有，就是一个散发着无限诱惑的魔术屋。

朱湾从上一年级起就特别喜欢在博翼亮买东西，就算是不需要买东西也恨不得每天放学进去逛上几圈儿才过瘾。

她自上学后开始痴迷文具，平时自己攒的零花钱就是用于在博翼亮买东西，家里一摞一摞的笔记本、各式各样的笔、橡皮，都是她平时囤的货。

一想到四五十块钱可以在博翼亮买到不少自己喜欢的笔和本子，朱湾显然变得谨慎起来。

"那我还是再仔细修修，你再打吧！"朱湾拿着巨印，重新审视着印面，动刀把自己认为不理想的地方进行细致的修改。

"这就对了，干什么事情都要认真。"爸爸对朱湾的细致态度表示满意。

仔细修改了一番，朱湾自认为比较满意后才又把巨印慎重地交给爸爸。

巨印的内容是临摹汉印中的一方"部曲督印"，四个字结构、字形都很复杂，但她处理得参差配合，用刀十分爽利，有点像汉印中的急就章印，单刀直线，一任天然。

经过这方巨印，朱湾的用刀境界明显又上了一个层次，再刻小印的时候就显得从容多了。

"成功了！朱湾，过来看，巨印刻得真好，曲、督还有部，这几个字的笔画都刻得特别好，宝宝真棒啊！"爸爸由衷地发出赞叹。

"那是天然的，也是必然的！"朱湾学着故事里的声调自信地说。

"妈妈，你也过来看，朱湾巨印刻得真不错，的确有天赋。我真是能从朱湾刻的印中得到启发，她这个用刀确实是天性，干干净净的。"爸爸拿着朱湾的巨印印稿跟妈妈凑在一起细细地欣赏着，两个人都赞不绝口。

是啊，儿童的艺术创造往往会有很多天然的成分，常常会出人意料，受过专门训练的大人有时反而会失去这种艺术感觉。

"我还要再刻两百方！"朱湾得了爸爸妈妈的夸赞，喜不自禁，立即信誓旦旦地宣布了下一个宏伟计划。

"好啊，爸爸支持你！"爸爸这次爽快地表态了。

"爸爸给你提供石头，想刻多少都有。"

"妈妈也支持你！"

"而且举双手支持！"

妈妈也紧接着说。

# 卧 谈 会

自从朱湾上小学以来，每天晚上的八九点左右，都是她一天中最快乐、轻松的时光。

老师在学校布置的作业全部完成，洗好脸、刷好牙，然后开启纯娱乐模式。

一会儿翻翻书橱，找点闲书看看；一会儿翻出几张好看的纸做点折纸；一会儿听着故事画点画。再或者，如果爸爸在家，两人对弈一会儿，有时候是围棋，有时候是军旗，有时候是象棋，虽然两个人的棋艺水平都很一般，但朱湾还是快活地哼着小曲儿，一副志在必得、怡然自乐的样子。

九点半之后换衣服准备上床，"卧谈会"正式开始。

"卧谈会"是妈妈上大学时的保留项目。

妈妈清楚地记得，二十多年前，自己刚刚考上大学。那是在她的母校南京艺术学院，同学都是十七八岁，头一次真正离开家门走向独立，大家一起在学校寄宿。

南京艺术学院是妈妈的老家江苏最好的艺术学院，在全国也是数得上的好学校，有百年的历史，学校面积不大但有很好的艺术氛围，又被师生称作"黄瓜园"。

黄瓜园西楼一层第二个房间是她们当时的宿舍，那是一座老式的筒子楼。

走廊两边都是房间,她们住在北边的那一间。

南京的气候出了名的坏,冬天阴冷潮湿,夏天闷热无比。走廊里常年晾满了花花绿绿的衣服,似乎好多天都不会干。走廊的顶头南边一间是湿漉漉的水房,北边是一间很大的卫生间。

艺术学院算是比较"贵族"的学校,招生人数很少,一个系也才几十个人,妈妈学的漆艺专业四年总共就四个同学,老师比学生多几倍。

西楼的宿舍一层是女生,楼上是男生。艺术学院观念开放,男女生就那么自然地混住在一栋楼里,毫无违和感。

一到晚上,宿舍楼里就热闹非凡,同学们的进进出出声、水房里哗哗的冲洗声、卫生间里砰砰啪啪的关门声、宿管阿姨高喊同学接电话的声音此起彼伏。

还有音乐系的人扯开嗓门在走廊里练声,既有意大利美声,也有传统民族唱法,据说是走廊里有很好的混响效果。

妈妈宿舍的房间倒是不小,应该有二十几平方米,中间连续摆了四张长桌,桌子上摆满了每个人的洗漱用品和饭盆、零食、书籍。两边各有两张上下床,墙角是一个高大的行李架,架子上放着每人一个从家里带来的行李箱,一年的衣物全都塞在里面;边上还有一个木制的脸盆架,门后面用海绵胶贴着大家集体入股购买的一面大镜子。

每天晚上十点半统一熄灯,大家各自拉上床帘,兴奋地开始"卧谈会"。

年轻人总是晚上没有睡意,越聊越带劲儿。

同学们来自不同的地方,所学的专业也不尽相同。聊各自的家乡、自己的父母同学、每天的见闻、不同的专业老师、自己读过的书、崇拜的画家、将来的理想、减肥计划、怎么化妆打扮、某某又和谁谈了恋爱等,天南海北,各种各样聊不完的话题。

那个时候流行听收音机,有时候还集体收听一档叫"午夜惊魂"的电台恐

## 卧谈会

怖节目,吓得大家半夜上厕所都要成群结队。有时候越聊越兴奋,声音不自觉大起来,宿管阿姨跑到门口大喝一声:"102,怎么还不睡觉!"大家赶紧噤声。没过一会儿,又开始窃窃私语起来。

大一之后,妈妈就搬进了新宿舍,四人一间。卧谈会仍然继续。

现在回想起来,妈妈觉得那时真是最幸福的大学生活,虽然经济窘迫,但是依然丰富多彩,充满对艺术的真诚和对未来的美好憧憬。

妈妈至今还有一个观点,就是上大学的人都应该住宿舍,不要走读,这样才更能真切地感受大学生活。

朱湾平时最喜欢缠着妈妈讲她以前上学的事儿,每当听到妈妈幸福的宿舍"卧谈会"时就特别羡慕,无限神往自己何时才能上大学寄宿。

要上大学还要耐心等上几年,但是家庭"卧谈会"可以立即开展呀!

晚上,躺在床上。

"妈妈,你真好,我最爱你啦!"朱湾捏着妈妈的脸由衷地说。

"哦,怎么好了?"妈妈故意逗她。

"你长得漂亮,一点也不凶,我们班同学的妈妈都逼着他们上课外班,张可儿、程子悦也喜欢你,觉得你温柔。"

哈哈!不骂、不训、不逼上课外班成了妈妈的优点。

"杨一典说最崇拜你了!"朱湾自豪地接着说。

"真的?她崇拜我干啥?我天天在家待着。"

"她崇拜你是画家!作品能卖好多钱,她也喜欢画画。"

"哦,这样啊!怪不得,原来她喜欢的是钱,哈哈。"

妈妈虽然有自知之明,但听了朱湾的奉承话还是很高兴。

"刚才你做的那个英语小卷,让你写完全形式,你可能没弄懂要求,全是照抄了一遍,人家要求是把简写改成正常形式,比如 who's 的完全形式就是 who is,she's 的完全形式就是 she is。"

## 画个不停

妈妈想抓紧时间帮朱湾回顾一下当天的学习疏漏。

"哦,我知道了,刚才就是不知道题目是什么意思,就把那几个词照原样抄了一遍,我也觉得不大对劲儿。"躺着给朱湾聊聊学习倒是她挺喜欢的事儿。

"那 he's 就是得写成 he is,they're 是 they are。"朱湾脑子忽然很明白。

"对,就是这个意思,卷子上给出的是简写,让你写出完全形式是这一种。反过来,如果给的是完全形式,让你再写简写也要会。"

妈妈继续循循善诱。

"还有刚才数学卷上停车场的问题,2 小时之内收取的是一种费用,超过 2 小时又是另一种收费,两种算法不一样,算完超出部分的价格还不能忘了前面部分的费用。那个张阿姨家水费的问题也是一样的。"

妈妈又转到了数学问题。

"我知道了,30 吨以内是一种价格,超过 30 吨是另一个价格。"

看来朱湾对这种题型已经有了清晰的认识。

"小湾儿,刚才看见你默写的激是'激动'的'激',不是你写的那个'击打'的'击'。"

爸爸也凑过来跟朱湾说话。

"火眼金睛"的"老编辑"爸爸,对错别字可是一眼就能看出。

"文章里提到的杨诚斋是谁你知道吗?"爸爸提出一个书上的问题。

"不知道呀!我们老师又没说。"朱湾有点好奇。

"杨诚斋就是杨万里,那个写'接天莲叶无穷碧,映日荷花别样红'的诗人杨万里。"

爸爸不失时机地跟朱湾熏陶点古典知识。

"那《陋室铭》里的'西蜀子云亭','子云'说的是谁?"爸爸又问。

"我知道,我知道,就是赵云。"朱湾激动地抢着说。

"错!那是赵子龙。哈哈,子云是华爷爷研究的写《方言》的作者,汉代的扬雄，是四川人。"

"啊，原来这样啊，我也不知道呢，难怪说是'西蜀子云亭'。"妈妈插上话来。

"爸爸妈妈，你们继续聊呀！我最喜欢卧谈会啦！"朱湾还不肯睡，非常愉快地享受"睡前小讲堂"。

"好啊，看来爸爸妈妈以后每天还要给你专门准备点小知识，晚上卧谈会的时候好有话题。"

每天天南海北地聊，爸爸妈妈再不补充知识都快不能满足朱湾旺盛的求知欲和天马行空的想象力啦。

"太好啦，妈妈，你明天就开始准备好不好？"朱湾又兴奋又急迫。

"好的，那我明天先备备课，咱们今天就先睡觉吧。"妈妈已经有了困意，慵懒地打了个哈欠慢吞吞地说。

"我还不困呢，再讲点好玩的吧，就讲一点好不好？"朱湾撒着娇央求。

"好吧，好吧，你昨天不是跟我说语文书上学的《拾穗者》吗，妈妈就给你说说它的作者米勒吧。"

强忍着困意，妈妈答应了朱湾的请求。

"今天，我正好看了《希利尔讲艺术史》，里面讲到了米勒。"

"他怎么写的呢？"朱湾好奇地问。

"米勒是个法国画家，他爸爸是个农民，家里非常穷，米勒从小就跟着父母在农田里干活，但是他从小就特别喜欢画画，只要有时间就画个不停，就像你一样。他们村里的人看他这么用功，就集体捐款帮助他去巴黎学习画画。"

"那他能买得起工具吗？"朱湾最喜欢打听细节。

"嗯，肯定买不起好的，就用普通的材料学习，在地上也可以画呀，就像以前怀素在芭蕉叶上练书法一样。"

书里没有讲那么细，妈妈只好自己发挥想象力了。

米勒的代表作《拾穗者》

"要是买不起的话，我就把我的笔送给他，我的本子和笔多的是！"朱湾很豪爽地表态。

"哈哈，他是19世纪的，你是21世纪的，他要有你这么多笔和纸就好了。要不你坐上时光机穿越到他那里送给他！"妈妈大笑道。

"米勒带着乡亲们给的钱到了巴黎学习画画，但是他的老师和同学都看不起他，嘲笑他是个土里土气的山里人。渐渐地，他也不喜欢巴黎了，觉得还是农村好。他很想念他的家乡和以前在农村干活的情景，就画了好多农民题材的画，你们语文书上选的《拾穗者》就是他的一幅代表作。"妈妈顺了顺思路又往下讲。

## 卧谈会

"对,对,《拾穗者》画的就是几个农民在田野里拣麦穗。"朱湾表示赞同。

"那他还画过其他农民吗?"朱湾开始紧追不舍。

"当然了,有很多呢。还有一张著名的代表作品叫《播种者》,也是画的农民在田里干活。"

"怎么样播种?"朱湾根本没有见过农村播种的场景。

"播种就是在田里撒种子,不撒种子就没有庄稼长出来,对吧?暑假你和外公在咱们院子里不是种过萝卜吗?就是那样撒种子。"

"哦,原来是那样啊,我们还做了沟和垄。"朱湾恍然大悟,原来那就是播种。

"只是农民撒种子比你们撒得多的多,田地比较大,跟咱们院子不一样。米勒因为从小在田里干活,他注意观察农民播种的样子,播种的时候要一个脚在前,一个脚在后才能站稳。左手扶着装种子的工具,右手扬起来撒种子,爸爸妈妈小时候也参加过播种。"

"播那么多种子累不累?"朱湾想象着《播种者》的样子好奇地发问。

"当然累了,一块田很大,要带着很多种子撒好久,腰也酸,背也疼。"

"妈妈,我们今天语文考试还考了用'撒'字组词,我和程子悦都组了'撒满',老师说不对,要写'撒种'才算对。"朱湾又联想到白天的语文考试了。

"'撒满'应该也算对吧,还是明天查一下字典再说吧。"妈妈一时也不是很确定。

"不过,先按照老师说的组吧。"妈妈补充道。

"那米勒后来有钱了吗?"朱湾又把话题转回来。

"后来也不是很有钱,希利尔说米勒差点饿死在巴黎,就在快要饿死时,有个好心人花了一大笔钱买了他一张作品。然后他就靠着这笔钱离开了巴黎,来到巴黎郊外一个叫巴比松的地方租房子住,上午干活,下午画画。"

"那他最后有钱了吗?"朱湾很关心米勒的生活状况。

## 64
### 画个不停

"最后钱也不太多,不过他死后名气很大,当然,现在他的作品可值钱了,价值连城,都在博物馆里珍藏着。"

"巴比松还有好多当时很穷又很有理想的画家,后来很多人都成了有名的大画家,在美术史上被称为'巴比松画派',《拾穗者》画的就是巴比松的农民在烈日下拾穗。"妈妈接着往下说。

"巴比松好好听啊,那个画派里面还有谁呀?"朱湾的问题真是一环套一环,其实她就是不想睡觉。

"巴比松边上还有个枫丹白露森林,名字更好听。"妈妈不禁回想起,上学时初次听到老师说起这些地方的时候也觉得特别美好。

"巴比松画派里还有卢梭、柯罗等一大批人,那个时候风景画不被重视,一般都是画人物画。他们几个反对当时学院派画家在画室里画画而不写生的画法,提倡走出画室,去表现大自然。巴比松很漂亮,有大片的森林、肥沃的土地、潺潺的流水,还有各种奇花异草。"

"我也想去巴比松画画。那巴比松画派还有什么好玩的事儿?"朱湾转而开始无限向往。

"希利尔说如果想了解巴比松画派,相信你自己肯定有办法,或是求教书本,或是请教专家。他这本书是专门给小孩看的,写得有点太简单了。"妈妈回想着白天翻书的情景发出感慨。

"我就喜欢看简单的书,要是写得太复杂我就不想看。"朱湾发表着自己对书的见解。

对于小孩子来说,自己看复杂的美术史书确实不太容易看下去,希利尔这本应该算是合适的。

"可是要是你想了解更多,就要再看其他资料。妈妈书架上有一本贡布里希的《艺术的故事》,上大学时买的,写得也挺好看的,像故事一样,比希利尔的要详细,你没事时自己也可以看看。"

卧 谈 会

哈哈，妈妈快把小朱湾当成专业人士看待了。

"那你明天能不能再给我讲讲巴比松画派里的卢梭？"朱湾开始给明天的卧谈会安排题目了。

"好啊，那明天妈妈先研究一下，安排个'巴比松系列小讲堂'吧，妈妈上大学时最喜欢的画家就是卢梭了，他画的人都圆乎乎的，没有棱角，不过今天就先睡觉吧。"

妈妈讲了半天，更加感觉睡眼蒙眬。

"好吧，不过明天要讲得再详细一点哦。"朱湾偎依着妈妈调皮地说。

"好，好。"妈妈含糊地应付着，眼睛都快睁不开了。

"Have a good dream！"妈妈迷迷糊糊地跟朱湾说。

"Have a good dream！"朱湾也慢吞吞地回了一句。

一天的"卧谈会"到此结束。

# 唐　豆

大家好，我是 Renee 姐姐，今天我给大家带来的是《马大哈唐豆》的故事。

我很想变成一个细心的女孩子，妈妈常为我是个马大哈而烦恼。

比如，老师让我站起来读书的时候，我不是添字就是掉字。老师说："这篇课文应该让小豆子来写。"被老师讽刺，很不好意思。

写作业也一样。有一次我用"喜欢"造句。我造的是：所有喜欢的动物都是我的好朋友。不幸的是，我，马大哈，把"好"字少写了一半，成了"女"字。句子就成了：所有喜欢的动物都是我的女朋友。老师说："小豆子，这是什么意思？难道你只喜欢女动物吗？"好难堪，幸亏我不是男生，不然，别人还误会我是想早恋呢。

一天，妈妈和她的朋友一起上街，正好带上我。妈妈的女伴胖姨好像对我很感兴趣，不断地跟我说话。妈妈小声嘱咐我："不要说傻话，让妈妈丢脸。"我说："放心吧，妈妈。"

……

星期天的下午，阳光斜斜地从窗外洒进安静的屋子，只有唐豆的故事照例在我们的客厅里一遍又一遍响亮地播放着。

姥爷在餐桌前慢悠悠地刷着手机，姐姐在姥爷边上奋笔疾书，妈妈在电脑

唐 豆

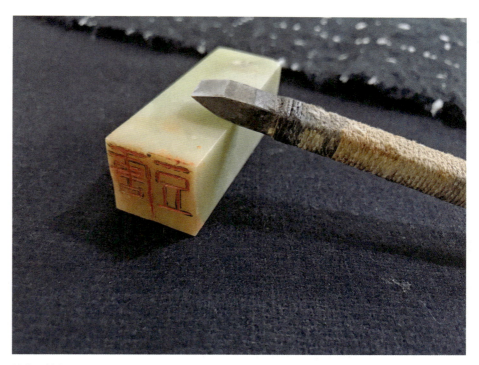

给唐豆刻印

## 68
### 画个不停

上改自己的文章，爸爸在自己的书桌前工作。朱湾趴在小书房茶几前的羊毛地毯上，一边在纸上画来画去，一边聚精会神地听着广播。

也不知是从哪天起，她开始喜欢上听这个故事的。总之，在很长很长的一段时间内我们全家人的耳朵边都是"唐豆"的各种搞笑故事。

只要朱湾一有空，她就会打开"喜马拉雅"开始收听。

坐车的途中、放学休息的时候、做作业的间隙、睡觉前的一会儿、洗脸、刷牙，甚至上厕所，只要有点时间她都在不停地听。

朱湾从小就有听故事的习惯，又特别喜欢重复收听，但是这次重复的程度可有点不一般。

这个故事她已经听了有几百遍了，很多章节包括整篇的故事都可以随时熟练背诵，没事的时候还自己嘟嘟囔囔地说啊演啊。

"不厌其烦"这个词用来形容朱湾对小豆子的喜爱真是最合适不过的了。

爸爸，妈妈，她在郊区良乡上学、几个星期回家一趟的姐姐，暑假才过来看我们的姥爷，每个人都"被迫"跟着听了无数遍，家中已无人不知唐豆。

据朱湾说，唐豆的故事一共六本，有《马大哈唐豆》《倒霉蛋唐豆》《梦想家唐豆》《小美女唐豆》《小好人唐豆》《馋嘴猫唐豆》。

原来她听的是六本书持续循环播放呀！难怪有种永远听不完的感觉。

爸爸在书桌前一边磨石头一边跟朱湾说："宝宝，你那么喜欢唐豆，我们今天就给唐豆刻一方印好不好？"

"天哪！可怕！竟然要给唐豆刻印了。"姐姐立即在一边尖着嗓子"讽刺"道。

朱湾却不然，听见爸爸的话从地毯上一跃而起，拿着手机兴奋地说："太好啦！我要给唐豆刻印！唐豆是我的偶像，为唐豆致敬！"

噫！她这种情况最近可是不大常见。上五年级后，不知是平时在学校写作业太累，还是校外的课外班学多了，总之，现在让她做点学习的事情，总会嘴上答应着，却再磨蹭一小会儿。

唐 豆

爸爸见朱湾答应得爽快，就在自己工作的案头找了一块不错的青田石，仔细地用小毛笔在磨好的石头上写出反字的印稿。

朱湾站在爸爸工作的高背椅子旁边，凑上小脑袋聚精会神地盯着毛笔看，生怕爸爸把她的唐豆写坏了。

"好了，就这样！"爸爸说着站起身，一边把打好印稿的石头交给她。

朱湾趁机一屁股坐在爸爸的椅子上，稳稳地拿起刻刀，沿着印稿爽利地冲刀下去，然后在纸上磕一磕粉末，又转了几下石头，没用几分钟就大致刻好了。

她学刻印已经有一阵子了，用刀很肯定，动作又快，也不怕刻到手。刻好后，她熟练地拿出印泥蘸好，把印打在裁好的小块连史纸上。她的小手紧紧地按住石头顶部的四个角落，一副很老到的样子。

"爸爸，你看，唐豆刻好了！"朱湾欢快地说。

爸爸走过来，看看朱湾手里的印连声说："宝宝，不错，不错，这几个长线刻得特别好。你看，特别是唐的撇，非常好，豆上面的横，也很好。这几个笔画有点细，可以再刻得粗一点。"爸爸说着指给朱湾看。

"有的笔画起头和结尾尖的地方，可以再补一刀，这个叫复刀。"爸爸补充道。

朱湾把蘸了印泥的印面拿卷纸擦掉，又重新坐回座位上，拿起刻刀，把过细的线加粗，又把两头尖的地方都迅速地修改了一下。

她的动作放松又到位。

"这下看起来更好了，再打一遍试试。"爸爸拿着修改过的石头说。

朱湾听话地又打了一遍。

"还有几个小地方再处理一下，比如，这个口字转折的地方，豆下面左边的点再清晰一些……"爸爸拿着印稿耐心地给朱湾讲解。

"我累，刻不动了。"修改过几遍的朱湾开始蔫了，已经没有先前那样起劲儿了。

跟爸爸学刻印

画个不停

爸爸拿起刀，把刚才讲的几个地方处理给朱湾看。

"一方好印！朱湾刻印越来越有感觉了，最好的是敢用长线！"

"太棒了，宝宝，下次我们再接着刻。"爸爸一边收拾残局一边夸奖道。

"这就对了，就是应该让她多刻些喜欢的内容，小孩才有兴趣。"妈妈也凑过来说。

"今天又学了个新知识，会用复刀了对不对？"

"复刀的意思和写书法时的藏锋意思一样，就是让起笔的地方看起来厚实，不那么暴露。"爸爸接着传授道。

"启功老爷爷原来和学生讲课时打过一个比方，说藏锋就像裁缝做衣服，开头要先把布料褶起来在缝，这样就不会脱线，衣服才结实。你不是常说以后要做 fashion designer 吗？那做衣服就要结实点。复刀也是这个意思，刻印的笔画也要结实。"妈妈举了个例子继续补充道。

"哦！"朱湾看看自己衣服的边，若有所思。

"咱们下次可以再刻点和唐豆有关的内容，你可以刻豆、爱豆、豆痴、豆庐，凡是和唐豆有关的都行啊！"妈妈一边看朱湾的印稿一边启发朱湾。

"好啊，我要再刻小豆子，豆豆、喜欢豆，还有小好人唐豆、倒霉蛋唐豆、馋嘴猫唐豆，刻一大堆，只要是和唐豆有关的我都刻，我要自己磨石头，我要刻一大批！"朱湾又开始起劲儿了，豪情满怀地说。

"好啊，你自己磨石头，慢慢也学着打印稿，这样就可以独立完成了，等你刻完一批，给你准备个木头盒子，把你刻的印全装在里面。"爸爸也继续鼓励。

"好哦……"朱湾一边兴致勃勃地答应，一边抓起几块石头高兴地到水池边去磨了。

爸爸一边做自己的工作一边说："其实古人的艺术也是这么玩的。"

"是啊，也不要把古人想得那么高大上，他们的艺术也是慢慢玩出来的。"妈妈表示赞同。

唐 豆

在朱湾学习书、画、印的过程中,爸爸妈妈发现,小孩子的学习就是这样,抓住她有兴趣的东西加以引导,就能进步神速,事半功倍。如果一味地逼着她做不喜欢的事,不仅不能产生好的效果,浪费了时间,还可能适得其反,孩子会逆反好长一阵子呢。

现如今,培训班的小孩学习书法要一个一个笔画地练上几个星期,不仅枯燥,而且僵化,也丧失了对艺术作品的整体理解和认识。

有的素描班让几岁的小孩子一气画上三四个小时,别说是坐那里画,就只是坐三四个小时,小孩也吃不消。就算是大人都会累得筋疲力尽,何谈什么对艺术的兴趣呢?不讨厌就算很好了。有好多人长大了会发誓说一辈子都不愿做小时候被逼做过的某件事了,这其实很悲哀,很可能就是小时候受伤了。

朱湾跟那些小孩相比,会不会觉得自己幸福呢?

# 昆虫、杏仁、石头、大山

北京的六月非常宜人，不像南方那样闷热，天也黑得晚，七八点钟过去，天色都还没有完全暗下来。

"不能辜负了这么好的夏天！"妈妈感慨地说。

她想起在南方的日子，夏天一出门，人就像在蒸笼里蒸包子一样的滋味儿。

"我作业做好了，咱们出去溜达溜达吧！"朱湾提议。

"好啊！"爸爸妈妈异口同声地说。

于是全家穿上亲子装鱼贯而出，一起到外面去散步。

爸爸、妈妈和朱湾三个人一路欣赏着熟悉的风景，穿过足球场，轻快地走在来园的林荫大道上。

真是令人惬意的六月的夜晚！

路灯朦胧，发出柔和的光；微风习习，路两边高大的法桐树发出沙沙的轻响，仿佛在轻轻地奏乐。

朱湾走在前面，快活地像只轻盈的小鹿。一会儿蹦蹦跳跳地表演着，一会儿抱抱大树，有时还不忘在大树底下寻点奇特的"宝贝儿"。

爸爸妈妈并肩走在她的身后，一边看着她玩耍，一边絮絮叨叨地闲聊着。

且享受这最真挚的天伦之乐吧。

"最近武英殿四僧展览听说不错，布置很有特色。四僧的作品我还是很喜

爸爸妈妈买来的四僧展览画集

欢的，我们哪天有空也该去看看。"妈妈想到白天在朋友圈看到的展览信息。

"是啊，好久没去故宫了，这几天太忙了，过几天是要去看看，这么好的展览展一次也不容易，把四个大画家的作品集中一起拿出来。"爸爸也特别喜欢"四僧"的作品。

"四僧里面我最喜欢石涛，石涛这个人真不简单，作品量大，风格特别自然，题材丰富，画面富有生机，不光是画，书法也很特别，成就很高。"爸爸对石涛发出由衷的赞叹。

"是啊，了不起，还提出那么多玄妙的画论，题画诗也多。不过我原来有一阵倒是最喜欢髡残，髡残的作品苍茫，粗服乱头，有味道！但他的作品不是太多，我基本上都临过。最早入门的时候石涛临得也不少，石涛作品用水用得真好，活泼泼的，原先山水、花卉都临过一大批。"妈妈一边说一边回忆着以前临摹过的"四僧"作品。

爸爸妈妈经常在一起讨论专业的话题。他们自己也很庆幸，两个人所学的专业是那样一致，又互为补充，一说就能够互相理解各自的意思，而且最大的好处是能够随时随地地展开探讨。

"八大山人、弘仁的风格更强烈，上次我们去南昌八大山人纪念馆看过一张八大山人的荷花长卷，笔墨好得不得了。弘仁学倪瓒比较多，用笔干净又不单薄，他作品也不是太多，不过风格鲜明。"爸爸继续发表着他对这几位画家的看法。

"八大山人、弘仁、髡残、石涛几个人各有特点，跟'四王'比确实风格强烈，现在看'四王'的东西真是感觉不够劲儿。不过，初学者学'四王'也是不错的选择，像套公式一样。"妈妈表示支持爸爸的观点。

"你们在偷偷说什么好玩的东西？大山、杏仁，还有昆虫、石头？"朱湾忽然转身凑上来惊诧地问。

"杏仁好吃吗？哪里产的？为什么不告诉我？你们偷买零食了？"她又飞

昆虫、杏仁、石头、大山

石涛山水人物蔬果册

## 画个不停

快地补了一句。

爸爸妈妈聊得正畅快,都没有注意到;不知什么时候起朱湾也开始在边上蹭听聊天了。

"哈哈!哈哈!我们说的是四个画家,不是大山、杏仁、昆虫和石头。"

妈妈愣了一下,忽然反过神来,才明白是朱湾把几个画家的名字给听差啦!

"哈哈!哈哈!"

爸爸妈妈笑得前仰后合,朱湾登时一脸的莫名其妙。

也难怪朱湾把四僧的名字能听错,这几个画家的名字确实是够怪的。

"八大山人、弘仁、髡残、石涛"乍一听起来可不就是像小孩子心目中的大山、杏仁、昆虫和石头嘛!

"那你们说的是什么呀?"朱湾见爸爸妈妈笑成那样,立马抓住妈妈问个究竟。

"八大山人、弘仁、髡残、石涛是四个和尚,他们都是明末清初的大画家,一起合起来被称为'四僧'。当时还有四个姓王的画家被称为'四王'。四僧的作品最近在故宫博物院的武英殿展览,爸爸妈妈正在说有空的时候要去看看他们的展览。"妈妈笑着跟朱湾细细解释。

"和尚不是在寺庙里吗?他们还能当画家?"朱湾又惊诧了!她还以为和尚只能像电视里演的那样在寺庙里念经,不能再干别的事情了呢。

"和尚也能当画家,和尚画家被称为'画僧',古代有不少和尚画画写字呢,上次给你说的唐代有名的书法家怀素,也是和尚。"爸爸马上就给朱湾举了一个例子。

"寺庙里比较安静,适合写字画画。和尚还要抄写经文,书法里面还有专门的'抄经体'呢,以前的经文都是用毛笔抄下来,工工整整的,就像你们做作业一样。"爸爸一边打着比方一边接着跟朱湾说。

昆虫、杏仁、石头、大山

朱耷　鱼石图轴

"你们语文课本里学的《惠崇春江晚景》里的惠崇也是个画僧,是和尚,也会画画。"妈妈又举出一个朱湾熟悉的例子来。

"还有你这几天喜欢唱的那个'长亭外,古道边,芳草碧连天'的作者李叔同也是个和尚书法家,他还是音乐家,不过他原来结过婚,后来才出家的。"妈妈继续给朱湾找和尚书画家的例子。

"啊,结婚了干吗还出家?他有孩子吗?"朱湾又好奇了。

"孩子有没有我倒不知道,只知道他出家时老婆很伤心,劝他不要出家,但是他确实不想过世俗生活了,就坚决地要出家。"

妈妈跟朱湾说着,其实自己也有点想不通李叔同到底为什么非要出家。

"李叔同死之前写了一张书法作品《悲欣交集》,是他重要的一幅代表作,我经常上课的时候给学生看。"爸爸告诉朱湾。

## 画个不停

"悲欣交集是什么意思?"朱湾又问。

她真是个喜欢问问题的小孩,什么都要问个明白。而很多学习的知识就是在不断的发问中积累起来的。

"悲欣交集就是又高兴又悲伤,不知道是高兴还是悲伤。"爸爸解释道。

朱湾这几天正对李叔同的这首《送别》很感兴趣,没事的时候总喜欢哼上几句。

长亭外,古道边,芳草碧连天。
晚风拂柳笛声残,夕阳山外山。
天之涯,地之角,知交半零落。
……

这不,提到李叔同和这首歌,她一下子又唱开来了。

"朱湾,髡残的'髡'字你知道是怎么写的吗?那个字可复杂了。"爸爸不等朱湾唱完就又接上刚才提到的"四僧"话题。

"怎么写的?有多复杂?"朱湾停下来正唱的歌好奇地问。

"髡字上面左边是手套的'套'去掉上面部分,右边再加上三撇,底下是突兀的'兀'字。"爸爸边说边抓起朱湾的小手在她的手心里比画。

"这个名字真复杂,什么意思啊?"朱湾在脑子里想了一下这个字的拼写又接着问。

"髡在古代是光头的意思,也是和尚的意思。"

"这个昆虫,名字真难听!"

朱湾继续使用着她自己发明的谐音,也不知道她到底有没有记住那个"髡残"的"髡"字怎么写。

"四僧里面有两个画家都是我们姓朱的,牛不牛?"爸爸不无得意地向朱

## 昆虫、杏仁、石头、大山

湾炫耀。

平时朱湾并不是很喜欢自己姓朱，说她的同学总在学校开玩笑取笑她，说是她姓犬字旁的猪。有时候在学校午餐吃猪蹄的时候，还有同学笑着说是吃她的脚。

为了这事，爸爸还要不时地找点姓朱的名家来给她打打气。

"不是说四僧是大山、杏仁，还有昆虫、石头吗？哪有什么姓朱的？"朱湾以为爸爸又在跟她开玩笑。

"八大山人、石涛都是姓朱的，八大山人原来名字叫朱耷，石涛原名叫朱若极，八大山人和石涛都是后来的名字。"爸爸认真地说。

"爸爸说的是真的吗？确定没骗我？"朱湾看着妈妈问。

"真的，确实这两个大画家都姓朱。"妈妈肯定道。

"啊！太好了，我们姓朱的好厉害，还有朱熹、朱元璋！"朱湾拍着手欢呼起来。

"那你现在知道'四僧'里都有谁了吗？"妈妈问。

"当然了，不就是八大山人、弘仁、髡残、石涛吗？这谁还不知道啊！"朱湾立马轻松地回答道。

不得不说，小孩子学东西还真快！

## 聪明的米开朗琪罗

初冬的晚上,天黑得越来越早。

室外一阵寒风吹过,树上半干的树叶纷纷扬扬地飘落在地上。

全家早早地吃过了晚饭,朱湾在书桌前认真地写着作业。爸爸去办公室工作了。屋子里静悄悄的,桌前的台灯发出一团微黄而又温暖的光。

妈妈半倚在床上一边陪朱湾写作业,一边闲翻书。

"呵呵,真有意思。"妈妈看到有趣的地方小声地窃笑起来。

"有什么好玩的吗,妈妈?"朱湾听到妈妈乐呵,就转过身来漫不经心地问了一句。

"哈,没什么,你先认真写作业。"妈妈怕打扰朱湾的学习,赶快止住了笑。

朱湾低下头又继续写她的作业。

"哈哈!太好玩了。"没过多久,妈妈又笑了起来。

"书上到底写了些什么呀?你笑成那样?"朱湾这回索性放下了笔,要跟妈妈打破砂锅问到底了。

"呵呵,那正好你休息会儿,妈妈给你讲个好玩的故事。"

妈妈看朱湾学习的时间够长了,也准备让她休息一会儿。

"我刚才正在看一个叫米开朗琪罗的画家的故事,特别好玩儿。他和以前跟你说过的达·芬奇一样,都是欧洲文艺复兴时期的画家。西方美术史上有

聪明的米开朗琪罗

米开朗琪罗是长成这个样子的

'文艺复兴三杰',你知道他们都是谁吗?"

妈妈故意用提问的方式考考朱湾。

"我知道有个达·芬奇,你刚才说的米开朗琪罗肯定也是。"朱湾狡黠地笑着说道。

还真是反应够快,刚听来的知识就现学现卖了。

"那还有一个该是谁呢?是谁呢?"朱湾歪着脑袋嘴里重复着问题,到底也没有想出另外一个画家是谁。

"想不出来了吧?妈妈告诉你啊。另外一个画家叫拉斐尔,这个人活的年纪不太大,只有三十多岁就去世了,但是作品也不算少,因为他活着的时候特别勤奋,所以留下了上千幅作品,其中最著名的就是《西斯廷圣母》。"

妈妈简单地把拉斐尔的情况说给朱湾听。

"那'文艺复兴三杰'就是达·芬奇、米开朗琪罗和拉斐尔喽?"朱湾总结性地发问。

"没错！就是他们三个。"妈妈赞许地肯定着朱湾的说法。

"你说你刚才看的是米开朗琪罗，他这个人很好玩吗？"朱湾又想起了妈妈刚才情不自禁的笑来。

"是的，很好玩儿！你知道吗，书上说米开朗琪罗长得很丑，但是特别聪明，年轻的时候就才华横溢。他早期的老师是个金匠，也是个画家，这个老师叫吉兰达约，他一生最重要的成就不是他自己的什么作品，而是教出了一个叫米开朗琪罗的大艺术家。"

"不过，或许妈妈一生最重要的成就也是教出了一个朱湾，她可能也会成为一位最出色的大画家，只不过她长得很漂亮。"妈妈说到这里跟朱湾开起了玩笑。

"那是必然的！"朱湾响亮地配合道。

"我觉得我长得真好看。"朱湾对着桌上的小镜子照了照又补充了一句。

"哈哈，别自恋了，咱接着往下说。"妈妈大笑。

"米开朗琪罗跟老师学习的时候，不仅不用跟老师交学费，老师还要倒贴钱给他。"

"那也太牛了，老师还倒贴钱？我们老师要是也倒贴钱给我就好了。"朱湾做了个夸张的表情惊叫道。

想想也是，上学老师还倒贴钱，真是件挺美的事。

"是啊，哈哈，学习好就是这么牛。你以后要是学习超好，也必然有这种可能。"妈妈顺着朱湾的话继续打趣儿。

"更好玩的还在后面呢。"妈妈拉长了声音，故意吸引朱湾的注意力。

"米开朗琪罗因为水平出众，很快就被当时罗马的教皇赏识，教皇请他在梵蒂冈的西斯廷教堂高高的穹顶上画壁画。那个时候教皇的身份地位特别高，一般画家能在教堂里画画也件是很荣耀的事情，但米开朗琪罗偏偏就不买账。"

聪明的米开朗琪罗

西斯廷教堂天顶画局部

画个不停

"梵蒂冈就是那个世界上最小的国家？"朱湾对世界历史是有些兴趣的。

"对啊，就是那个，位于意大利罗马里面的一个国家，妈妈上次去意大利的时候专门去参观过。"妈妈说。

"可是他为什么不买账呢？"朱湾好奇地问。

"问题在于米开朗琪罗他不是个一般的画家，而是个大艺术家。要知道大艺术家一般都很有个性，米开朗琪罗那会儿正对雕塑感兴趣，他不想去画画，就像你一样，妈妈让你画画的时候你偏不画，爸爸让你写字的时候你偏不写，哈哈。"妈妈故意拿朱湾的小叛逆说笑。

"妈妈，你讽刺我！"

朱湾做了个怪表情大叫着，她一下就听出了妈妈的弦外之音。

"哈哈，听出来了？"妈妈继续笑道。

"哈哈，言归正传。那个时候米开朗琪罗就是不想画画，他更喜欢雕塑，所以拒绝了教皇的邀请。他说我的职业是雕塑，我不喜欢画画。但是，那时候正好有一些嫉妒的人开始说他的坏话，有的人造谣说他根本就不会画画，所以不敢来画。这下可惹恼了米开朗琪罗，他听了之后十分生气，最后决定答应教皇去梵蒂冈画画。"

"那他后来画得好吗？"朱湾想着米开朗琪罗因为被造谣偏要去画画，很有点同情他的意思。

"当然好了，大师就是这样。要么不出手，出手就很牛！"妈妈很肯定地告诉朱湾。

"妈妈上次去的时候，专门去看过西斯廷教堂，真是叹为观止，美轮美奂，画得简直太好了！"

"那他都画了些什么呀？"

"他主要画的是《圣经》里的故事，人物特别多，因为是在教堂里画画，要表现出宗教的神秘感和庄重感。米开朗琪罗又是个杰出的雕塑家，他画的作

聪明的米开朗琪罗

朱湾创作的"疯狂的墙"

品立体感特别强，看起来十分厚重，后来这些作品还被称为类雕像画，就是画面看起来有雕塑的感觉。"

"在教堂的穹顶上画画是不是要抬着头往上画？教堂不应该很高很大吗？那他怎么够得着啊？咱们家疯狂的墙上面我都够不着。"朱湾比画着，完全想象不出米开朗琪罗是怎么进行工作的。

提到我们家"疯狂的墙"，有必要解释一下。

朱湾上学时，平时就住在爸爸学校分的小房子里。刚装修完的时候，妈妈是不允许她在墙上乱画的。后来不知哪天趁妈妈一不留神她就在上面用铅笔画了起来，后来水彩笔也来了，贴画也来了，最后水笔、马克笔纷纷上阵。妈妈见没法制止她，就索性鼓励她画个痛快，还给她买了专门的水粉颜料和丙烯颜料，放开来画大壁画。小房子被画了一层又一层，有的地方写字，有的地方列算式，有的地方贴立体作品，总之是密密麻麻，蔚为壮观。到现在为止，只有很高的地方和房顶她够不着。这个小家的墙也因此被妈妈戏称为"疯狂的墙"。

当妈妈提到米开朗琪罗画大穹顶壁画的时候，朱湾立即眼前一亮，第一个就想到那面"疯狂的墙"。

"当然了，那个教堂特别雄伟壮观，比咱家可是高大了无数倍，确实很难操作。当时他们就想办法，先安装了高大的脚手架，就像我们现在盖房子那样，脚手架就有18米高，再在脚手架上放置木板，然后米开朗琪罗就仰面朝天躺在这些木板上画画，这样一来工作难度就非常大，也看不到画面的整体效果，想看整体的时候还要爬下来看看。他画的人也特别大，每个画中人都比真人大两倍，总共画了一百多个人。"妈妈跟朱湾详细地描述当时米开朗琪罗的工作状态。

"那颜料不会滴到身上吗？"朱湾躺在床上盯着小家的天花板模拟着米开朗琪罗工作时的样子，她的小脑袋瓜里不会又想到怎么把小家的屋顶"装饰"一下吧？

## 聪明的米开朗琪罗

"那肯定会啊,所以颜料要控制好,多了不行,少了也不行,技术要特别高超才行。"妈妈解释道。

"除了这些艰苦条件之外,更困难的事是这个教皇又很着急,他经常过来视察米开朗琪罗的工作,还不懂装懂地指手画脚,很是干扰画家的工作。"

"他凭什么指手画脚啊!有本事自己画好了,我画画也不喜欢别人盯着看。"朱湾感同身受地表示很气愤,就像米开朗琪罗是她的好朋友一样。

看来艺术家的共同特点就是不喜欢被人打扰。

"哈哈,因为教皇尊贵而威严,权力特别大,米开朗琪罗也没办法。但是他很聪明,知道不能和他硬对着干,就想了一个主意。有一天,教皇过来看他工作进度的时候,他看准教皇在架子下面,就装作不小心故意把工作用的小锤子碰掉下来,锤子正好落在了教皇的附近,把地上砸出了一个小坑。教皇吓了一大跳,突然意识到这是个危险的工地,吓得直到完工再也没敢来打扰米开朗琪罗。"

"哈哈,米开朗琪罗真是太聪明了,好棒!"朱湾鼓着掌由衷地替他感到高兴。

"虽然没有了教皇的干扰,但是米开朗琪罗还是非常辛苦,画这个教堂整整花了他四年半的时间,而且每天都是躺在那里仰着脸画,完工的时候脖子都不能弯了,头和眼睛也不能低下了,只能往上看,那个时候他才37岁,但看起来都像一个老头了。"

"啊,脖子都不能弯了,好可怜!他本来就丑,那不是更丑了。"朱湾想象着。

"是啊,他还真是不容易!"妈妈也感慨。

"不过,还有一件好玩的事。米开朗琪罗有一个特别有名的雕塑作品《大卫》,你以前在书上也看过的,当时雕出来的时候完美极了,他自己也非常满意。可是当时主管这件事的官员看了之后,竟然说这个雕塑鼻子太大了,让他

画个不停

给印章掸了掸灰的朱湾,能逃脱爸爸的法眼吗

去修改。"

"这个臭官，肯定是不懂装懂。"朱湾愤愤地说。

"是啊，这个臭官就是要显示自己身份高贵，说话管用。但是米开朗琪罗这次表现得更聪明。"

"他干了什么呀？"朱湾兴奋地问。

"他站在雕像前仔细地看了看假装认真地说：'呀！您说的真对，真是这样啊，这鼻子看起来是有点大了，我上去把它改小一点儿。'他一边说着，一边爬到架子上叮叮当当摆弄了一阵，大理石粉纷纷扬扬地掉了下来。那个官员高兴地说：'对呀，就是这样，看起来好多了。'然后那个官员满意地走了。米开朗琪罗跳下架子去洗手，跟旁边的人说：'我其实什么也没动，只不过是上去掸了掸灰。'"

"哈哈，哈哈！米开朗琪罗真是太聪明了！"朱湾拍手笑道。

这个故事讲完后没多久，朱湾在刻一方大印。

她刻好后拿给爸爸看，爸爸指点说整体很不错，有些地方还需要再修改一下。

"哦，知道了。"朱湾乖乖地答应着。

过了一会儿她又拿着印章去给爸爸看，爸爸疑惑地皱着眉头说："宝宝，怎么没动啊！和刚才一样啊？"

"我像米开朗琪罗一样，只不过是掸了掸灰罢了！"朱湾十分利索地回答。

"哈哈！"妈妈看着一脸茫然的爸爸在一旁放声大笑起来，"爸爸可不是那个臭官，你以为那么好糊弄呢！"

# 雅俗共赏

"妈妈,你知道迈克尔·杰克逊吗?"朱湾坐在汽车后座上随意地摆弄着手里的小玩具问正在开车的妈妈。

"听说过,好像是美国一位著名的歌手吧。"妈妈一边飞快地开车一边模糊地回答着朱湾的问题。

妈妈素来对音乐没有研究,对中国音乐尚不熟悉,更别提外国歌手了。

不过像迈克尔·杰克逊这样大名鼎鼎的音乐家还是有所耳闻的。

"是的,你说对了,他就是美国的歌手,你知道他是怎么死的吗?"朱湾见妈妈知道这个歌手的名字,就继续展开新的问题。

"不知道呀,妈妈对音乐方面的事情都不太熟悉。"妈妈老实地承认。

"今天我们音乐老师给我们看了迈克尔·杰克逊的片子,他是被他的私人医生注射了一种过量的药引起心脏病而死的。"朱湾把在音乐课学到的内容一五一十地讲给妈妈听。

"那真是够可怜的,好多音乐家还有演员都死得比较悲惨,当个音乐家真心不容易啊!"妈妈感慨道。

"搞演艺的都不容易,表面看着风光,幕后不知道吃了多少苦。"坐在副驾驶座位正在看手机的爸爸突然插话。

"是啊,以前看钢琴家郎朗的妈妈写过一篇文章,就说表面有多大的荣光,

雅俗共赏

齐白石的虾

背后就有多少刻骨的心酸。说郎朗小时候学琴特别苦，一个人跟爸爸在外地，连妈妈都不让见面，怕演出时影响他的情绪。"妈妈附和说。

"我们看的片子里说迈克尔·杰克逊临死前，本来在纽约有五场音乐会，最后为了赚钱被经纪人加到五十场，他肯定是太累啦！加到五十场哎！"朱湾忽然激动地说。

"是啊，名人有时候自己也没法控制自己，都被别人给安排了，没有自由。像我们这样最好，也不求别人，也不被别人控制。"爸爸顺着朱湾的话说下去。

"那你们知道黄家驹是怎么死的吗？"朱湾突然话锋一转，换了个人物。

"不知道呀，怎么死的？"爸爸妈妈齐声问。

"他更惨了，就是开演唱会的时候直接从三米多高的舞台上摔下来死的。"朱湾说。

"啊？这也真是的，舞台也太不结实了吧？"爸爸将信将疑地说。

"那也有可能，好多舞台都是临时搭建的，演唱会现场闹哄哄的，那么多人，也说不好，很容易出危险。"妈妈想象着黄家驹从三米多高的舞台跌落，也真是够悲惨的。

"王菲有一次演出好像也是舞台出了状况。"妈妈又补充。

"你们音乐老师怎么给小学生看这么多音乐人的死呀？害不害怕？"妈妈疑惑地问道。

"今年好像是黄家驹逝世多少周年，也不知怎么地就看了迈克尔·杰克逊的死，他的私人医生还坐牢了呢。"朱湾解释。

"可是我不喜欢听迈克尔·杰克逊唱的歌。"朱湾紧跟着又补充。

接连几天，朱湾都对迈克尔·杰克逊的死因讨论个不停，可能是有点被电视上的画面惊到了。

"妈妈，你喜欢听迈克尔·杰克逊的歌吗？"几天后，朱湾和妈妈在北语对面的一志日餐厅吃饭的时候，她又问妈妈。

雅俗共赏

齐白石人物画

朱湾的风俗画

朱湾花卉系列和花鸟系列

朱湾画的一群老鼠

"我没怎么听过他的歌,是不是像摇滚一样?"妈妈反问。

"是的,就是特别夸张、特别吵的那种。"朱湾说。

"他名气那么大,可是我就不喜欢听。"朱湾重申自己的观点。

"那是很正常的,名气大也不一定人人都喜欢听,他的风格可能你不喜欢,但是有的人就喜欢,就像画画一样,每个艺术家都有自己的风格。"妈妈打量着手里的菜单跟朱湾闲聊。

"比如邓丽君,喜欢听的人就比较多。"朱湾自然地说。

平时爸爸在家喜欢听邓丽君的老歌,朱湾从小也跟着听了不少。

"呵呵,对呀,她的风格属于雅俗共赏型。"妈妈笑说。

"什么是雅俗共赏呀?"朱湾连忙问。

"雅俗共赏就是普通人能懂,专业人士也认可,多数人都能喜欢,就叫雅俗共赏。比如画家里面的齐白石,他的画就是雅俗共赏型,画的题材、内容大专家说好，普通人也能欣赏，觉得好看。"妈妈喝了口水，详细地跟朱湾解释。

"哦，原来是这样啊，我也喜欢齐白石老爷爷的画。"朱湾爽快地说。

"还有一些作品，也非常好，但是普通大众不一定能看懂，也不知道好在哪里，这一种就不是雅俗共赏型的。比如说扬州八怪刚出来的时候，好多人就不能看懂，所以被认为是怪。"妈妈又做了进一步的补充。

"哦，我懂了，怪不得我不喜欢听迈克尔·杰克逊的歌呢，看来他的歌还算不上雅俗共赏。"朱湾忽然松了口气。

# 神奇的 3D 博物馆

听说学校要组织秋游，朱湾一连兴奋了好多天。提前几天就迫不及待地"逼着"妈妈和她一起去超市采买食物和必备物品。

妈妈发现，上了五年级的朱湾对集体活动特别有兴趣。每次到了周日的晚上，都高兴地宣布："明天终于要去上学啦！终于可以去学校写作业啦！终于可以见到老师和同学啦！"好像在家里待着的周末两天十分难熬似的。

她偶尔想象以后上了初中就要和现在的老师、同学分离，就会眼圈泛红，难过得几乎说不出话来。

妈妈总是试图安慰，说以后还会交到更多的好朋友，小学同学还是老同学，随时都可以约着玩儿，那样朋友会越来越多。况且也有可能还有同学可以上同一个初中。朱湾却总是伤感地说，那再也不是现在这样的一个班集体了。

小小的人儿已经开始怀有深深的恋旧情绪了。

"你们今年要去哪里秋游？"妈妈见朱湾天天盼望着秋游，好奇地问。

"老师说要去 3D 博物馆。"

朱湾似乎并不十分关心去哪里秋游，她在乎的是跟同学们一起去玩儿，去一个学校以外的地方一块吃东西、撒欢儿。

"哪个 3D 博物馆？是 798 附近那个吗？"妈妈问。

798 是北京著名的国际现代艺术区，画廊和艺术品商店云集。妈妈知道那

来杯葡萄酒

画个不停

夜幕下的小天使

里有一个3D博物馆,并不是一个专门旅游的风景区。

"不知道啊,老师没说。"

朱湾整理着她秋游的背包,想收拾进去的东西太多,一会儿这个放不下了,一会儿又是那个冒出来了。

其实她们就是在外面吃一顿午饭,根本用不着带那么多东西。为了和同学一起分享,朱湾费劲地塞了满满一书包物资,还不时地试背一下。

"妈妈,这次我一定要带上手机,我要给同学们拍照,以后毕业了还能看照片。"朱湾向妈妈提出申请。

"好吧,但是要注意不能丢三落四。"妈妈叮嘱道。

好不容易等到了周三,朱湾一骨碌从床上爬起来,一点都不像平时那样磨蹭,迅速地吃完早餐就去学校了。

一整天,妈妈在班级群里不断看到老师、陪伴家长发来的秋游照片,小朋友们玩得真开心。

"妈妈,我们今天去的3D博物馆果然就在798附近,不过不是在798,而是在751,太好玩了!"朱湾一放学就跟妈妈炫耀。

"真是太好玩了,特别神奇!你都不知道屋子里面全是画,看着是平面的,结果人在那里拍出来的照片全是立体的,跟真的一模一样。"朱湾大开了眼界,连珠炮似的跟妈妈连比带画地说。

"你一定要看看,太神奇啦!我今天给同学拍了好多照片。"朱湾从书包里拿出手机,翻开图片,一张张地指给妈妈看。

"妈妈,你看张淞晨站在一个快要坏掉的竹筏上,后面一只老鹰,旁边一只大鲨鱼都在追他,可怕吧?!吴浩铭在爬桥,底下就是悬崖,吓人吧?!郑洁在一个外国城市里划船,那个城市跟真的一样!"

"哦,那是威尼斯。"妈妈看着图片说。

"你看,这是杨一典,她在野兽嘴里,这个嘴像不像真的?里面还有舌头,还有喉咙。"

"哇！好恐怖！"妈妈跟着朱湾一起惊呼。

"这个是周思诺，举着一个大火把，其实火把就是画在墙上的，拍下来就跟真拿个火把一样。"朱湾继续说。

"这个是张可儿，在拼命拉骆驼，感觉骆驼都不愿意走。"

"这张是一群男生，他们站在竹筏上，头上有个老鹰就要啄他们，好恐怖！太像在水里啦！"

朱湾放大着自己拍的照片，不断地惊叹着3D博物馆的神奇。

"还有一个是卫生间，就像真的一样，有马桶、水泥地，边上是卷纸，我们班每人都'上'了一次。"

哈哈，还真是，妈妈看着照片，3D的图片拍出来特别立体逼真。

妈妈跟在朱湾边上飞快地欣赏着那些栩栩如生的照片，看得眼睛酸了，脖子也疼了。

一直到了晚上，朱湾都沉浸在回味3D博物馆的奇妙感觉中。

"3D博物馆好大，还有好多地方我们都没有去。还有一个凡·高的卧室，里面有床、有桌子、有窗户，好多人都在那里面拍照。"朱湾又想到了3D博物馆。

"床头挂着衣服，边上有椅子的那个？"妈妈问道。

"是的，墙上还挂着画，我们都想去推开那个窗户，你怎么知道的呀？"

"哦，那个卧室也是凡·高的一张重要作品，是他画的，不是他真正的卧室。"妈妈一下就想到了凡·高的卧室系列。

"啊！真的？那本来也是一张画啊？"朱湾吃惊地问。

"对呀，凡·高活着的时候很穷困，都是他弟弟提奥支持他的生活费，他当时为了给他弟弟看他生活的样子，就画了自己的房间，房间里有一张小床，还有椅子和洗漱用品。那个时候他在等另外一个大画家高更过来跟他一起画画。"妈妈跟朱湾详细地解释凡·高的这幅作品。

神奇的 3D 博物馆

朱湾笔下的秋天

## 画个不停

"我们老师以前也让我们临摹过凡·高的《星空》,他的笔触都是那样一卷一卷的。"朱湾回忆起以前曾临摹过的凡·高作品。

"对,《星空》也是凡·高最有代表性的作品之一。妈妈前几年去荷兰的时候,还专门去凡·高的博物馆看过,咱们家有一本特别漂亮的凡·高画册,下次找出来给你看看他的画。"

"好啊,我觉得3D博物馆真是太好玩了!我还想再去一次,真不知道那些人是怎么画出来的?"朱湾对3D博物馆的画家充满了敬意。

"他们画的立体其实并不是太难,主要是画面中的明暗关系处理得比较好。就像你以前学过的素描,画的明暗关系好就显得特别立体,再做一些特别的角度设计。"

"妈妈以前还学过一种画,叫作超写实,画的东西比真的还像,就是把每一个细节都处理得特别细腻,一张画要画很多很多天,国外有些画家还把照片投影在画布上画。"

"我们什么时候能再去一次3D博物馆呀?"朱湾意犹未尽地问道,看来真是很喜欢那个地方。

"等有空吧,爸爸妈妈陪你再去,或者等你姐姐回来时咱们一起去。"听了朱湾这么多的赞美,妈妈不禁也想去看看这个神奇的3D博物馆了。

"你说有空再去不会是不去了吧?"朱湾对妈妈模棱两可的回答表示怀疑。

"不会,最近就安排,你这么喜欢一定要再带你去一次!"妈妈肯定地说。

"现在我觉得3D博物馆是世界上最好玩的地方!"朱湾突然正式宣布。

"博翼亮排名第二!"

"括弧,学校边上的小文具店!"她紧接着又补充。

"哈哈!哈哈!这两个地方差距也忒大了吧!"妈妈大笑。

过了一周,朱湾果然又率领着爸爸妈妈去了一趟神奇的3D博物馆。

在几间大屋子里,她欢快地跑了一圈又一圈,看了一遍又一遍,不断惊呼

神奇的 3D 博物馆

朱湾在 798

着 3D 博物馆的神奇，还指导爸爸妈妈站在特定的位置做各种表情和动作，熟悉得跟在自己家的卧室一样。

"爸爸，你坐在那个巴士站等公交车。"

"妈妈，你站在那个楼梯边，下边全是水，看到没有？"

"爸爸，妈妈，你们'坐'在那个威尼斯的小船上试试。"

……

朱湾拿着手机迅速地给爸爸妈妈拍下一张又一张照片。

# 新年礼物

期末已至,寒假还未开始。

一个学期学习的内容都骤然集中在了一起。

学校里各科老师的复习作业越来越多,每天都有不同的考试和好多的卷子要写。以前没有牢固掌握的知识点、各种变化无穷的数学题仿佛一下子全都冒出来了。

北京的深冬是那样寒冷,路上全是急匆匆往家里赶的人群。

室外寒风凛冽,滴水成冰,妈妈很不喜欢北京这漫长而灰蒙蒙的冬天。看着到处都光秃秃的样子,每天都有点消极。

到了此时,孩子们的户外活动可以说是完全停滞了。

对于正在上学的朱湾来说,寒假期末前最好的休息和娱乐,也就是在室内听听故事,画会儿画缓解一下紧张的学习节奏。

看着每天放学疲劳归来的朱湾,妈妈虽然对过度学习并不赞同,但也不敢让她有过多的放松,还是一如既往地催促她早点写作业,尽快地查漏补缺,能多复习几遍就多复习几遍。

如果当天完不成作业,或者弄得太迟,第二天要么受到老师批评,要么就是上课犯困,这也不是妈妈所愿意看到的。毕竟期末考试是小学生的大事情。

有时候爸爸妈妈也在私下里感慨,现在城市的小孩学习压力那么大,的确

是不容易。不像他们小的时候,能够在田野里自由自在地疯玩儿。在他们的记忆里,小时候似乎压根儿就没有作业压力那么一说。

每天早上,看着朱湾沉睡的面容和窗外还未明亮的天空,妈妈想想外面凛冽的寒风,几乎都不忍心把朱湾从温暖的被窝里叫起来。

晚上,妈妈看到朱湾又在台灯下奋笔疾书。为了打破天天复习的沉闷,给她增加一点学习的新动力,就和颜悦色地跟朱湾说:"宝宝,妈妈跟你说件好事。"

"什么好事?明天不上学了?"朱湾头也不抬地说。

"那倒不至于。"妈妈回答得也很干脆。

"我要说的是再过几天就要考完试了,考完试就寒假,新年也快到了,等考完试咱们好好放松放松,妈妈带你去买礼物怎么样?你可以想想看新年想要什么礼物?"妈妈把自己的计划娓娓道来。

"好啊,我还想再买画笔,买一大堆,狂购、减压。"朱湾暂时停下手头的作业,不假思索地说。

呵呵,小学生已经学会购物减压了呀。

"啊!?你都这么多笔了,还要买,要不要换点别的礼物?"妈妈自愿让朱湾挑礼物,但觉得朱湾的笔的确太多了,好几个抽屉里全是各种各样的笔,都快塞不下了,又一边惊讶于她对笔那么持久而坚韧的喜爱,试图劝说她改个主意。

"我的马克笔好多都没水了,水彩笔也不完整了,不行,我还是要去再买点新的笔,我的新年礼物我要自己挑。"朱湾一下子找出好多理由,很坚定地要再去买笔。

"好吧,好吧,既然好多笔没水了,那就及时把不能用的笔清掉,以免用的时候混在一起不方便。这次妈妈准备带你去个特别专业的地方买笔,里面肯定有好多笔你都没见过,带你开开眼,如何?"妈妈听了朱湾的理由,换了主

画个不停

刻橡皮砖

朱湾的油画棒

画箱里的颜料

意，决定带她去一个专业卖画材的地方长长见识。

"你说的这个好地方在哪里呀？"朱湾急切地问，顿时来了兴致。

"中央美术学院对面有一个巨大的国际画材城，好几层楼，里面卖来自世界各地的专业画材，笔多得根本数不清。上次我陪爸爸去给中央美术学院的学生上课时发现的，本来没打算告诉你，你那本《希利尔讲美术史》就是在那里的书店买的。"妈妈连比带画地跟朱湾大体形容了一下。

"啊？这么好的事你居然不早点告诉我。"朱湾故意俯过身来做出一个吓唬妈妈的表情。

"你说的是真的吗？还有几层楼的文具店，那也太夸张了吧？晨光文具店那么小都有那么多种笔卖，几层楼得有多少笔呀？"朱湾想着自己平时常去光顾的晨光文具店，十几平方米的小房子里面的东西已经让她目不暇接了，要是有几层楼那么大，那里面的笔得多到什么程度呀！

"那个店不是你见过的普通文具店，里面还卖各种颜料，什么油画颜料、版画颜料、水彩颜料和速写本、雕塑工具、油画布，还有自动喷漆。总之，你能想象到的还有你没想象到的画画工具和材料全有，这回你肯定能大开眼界。"妈妈留下了一个大大的想象空间等待朱湾自己去发现。

"那你允许我买多少钱的东西？"朱湾直奔核心，开始关心具体的问题了。

"到时看吧，你有喜欢的就买。"妈妈含糊地说。

"不行，你别到时又不让我买，说个具体的钱数，我好根据情况来选。"朱湾想着平时妈妈并不是太支持她重复购买文具的情况，努力争取自己的权益。

"这回你学习辛苦，给你一千块怎么样？一千块钱之内随便挑。"妈妈忽然慷慨地说。

"哇！这么多！太好了，我可以随便买笔了，谢谢妈妈。"朱湾高兴起来，怎么也没想到这次妈妈会这么爽快。

"就这么定了，那我继续写作业了。"有了金钱的刺激和购买文具的驱使，

画个不停

朱湾果然积极主动而又兴高采烈地写作业去了。

"好的,你考完试那天中午,回来吃完饭咱们就去,正好王硕姐姐那天也考完试了,能回来陪你一起去。"妈妈又补充了一句。

"耶!太好了,我写作业啦!"朱湾带着喜悦的心情继续埋头复习。

几天后的中午,朱湾终于考完了期末考试。

妈妈也松了一口气。

"妈妈,我们现在就去中央美术学院买东西吧,到那里再吃饭好不好?"朱湾一回到家和姐姐会合后就迫不及待地跟妈妈商量。

"你们不饿吗?考了一上午,吃完饭再过去不是一样吗?"妈妈狐疑地看着姐妹俩问道。

"我们不饿,都可以随便买笔了,哪还顾得上饿呀!走吧,走吧!"朱湾拉着姐姐故作搞笑地说。

"好吧,好吧,听你们的,今天你们考试辛苦了,可以自己做主。"妈妈答应着拿了包跟着姐妹俩一起往外走。

"王硕,妈妈今天说可以让我们花一千块钱随便买笔,你觉得怎么样?"朱湾一上车就得意扬扬地跟姐姐显摆。

"哇呜!这么多!"姐姐也做了个夸张的表情。

"我想买马克笔、水彩笔,再买点橡皮砖,你呢?"朱湾愉快地计划着自己要买的东西,还顺便打探一下姐姐的想法。

"到时候再看看吧,说不定有更好玩的东西呢。"姐姐毕竟是大学生,果然比朱湾更老练些。

两人也是好久没见面了,一路喋喋不休地讨论着。

正是大中午,一路畅通,从家里到中央美院,都没用二十分钟。

"朱湾,你看,对面那栋灰楼就是国际画材中心,看到没有?里面卖的全是你想买的东西。"妈妈停好车示意朱湾往左边看。

新年礼物

印制版画

朱湾印制的版画

朱湾用橡皮砖刻印的版画，给爸爸妈妈印制的T恤

朱湾穿着自己刻版印制的T恤在爨底下写生

## 新年礼物

"哇,看到了,看到了,真的好大一栋楼!王硕,快下车,我们到了。"朱湾激动地催促姐姐。

两个人迅速地穿过马路,一溜烟似的跑进去。

"天哪,好笔真是太多了!从来都没见过这么多画画用的东西。"朱湾刚进了第一家店仰望着从地上一直摆到天花板的绘画工具就不住地惊呼,一会儿看看这个,一会儿看看那个,一时间都乱了主意,不知道买什么好了。

"低调、低调!"姐姐小声地制止朱湾。

"小声点儿,别像刘姥姥进了大观园一样。"妈妈也跟在后面低声提示。

"你们先一家一家总体浏览一下,开开眼看看到底想要什么,最后再挑具体要买的。"妈妈又建议道。

"妈妈,这是干什么用的?这么多刀子?"朱湾在楼下一家店里指着一堆大小不同的油画刮刀问。

"画油画用的,油画刮刀,油画有时候不用笔画,可以直接用刮刀作画,颜料太多的时候也可以用刮刀刮下来,有时候还可以做特殊肌理效果。"妈妈跟朱湾解释油画刮刀的用途。

"这个是什么颜料?这么一大瓶一大瓶的,什么时候才能用完啊?"朱湾又惊讶地发现一堆鲜艳的瓶瓶罐罐。

"你可以看一下说明,每个上面都有说明。哦,这个是染布的染料,不是画画用的,是作染织的。咱们上次在云南旅游的时候不是看过染印花布的吗?就是那种染料。"妈妈看着瓶子上的说明书给朱湾讲解道。

"王硕,王硕,你过来看!这里有这么多速写本,我都没见过,超大哎,每个我都想要,封面好漂亮!"朱湾又低声地招呼姐姐来看,并不住地赞叹着。

"朱湾,你看这个,这里有一个工具箱,里面有彩铅、水彩笔、水彩颜料和调色盘,你要不要买一个,我们以后出门你可以随身带上,到哪里都可以画画了。"妈妈发现了一个好东西,赶紧向朱湾推荐。

画个不停

"哇,这么多种,太好了!我当然想要了,多少钱啊?怕你不同意买啊。"朱湾流露出想要的神色,但还没有忘记问价格。

"我看一下,480元。"妈妈看了看底部的标签对朱湾说。

"太贵了吧!你觉得贵吗,妈妈?"朱湾有点不相信地问妈妈。

她平时用的笔都是几块钱一支,对这一箱子几百块钱的笔一时没有了具体概念。

"还行吧,这是专业工具,还有这么一个箱子,带出去比较方便,可以写生用。也不算特别贵,你要想要,妈妈就给你买。"妈妈丝毫没有犹豫地说。

"好,那就先定这个。"朱湾马上同意了妈妈的说法,生怕妈妈会反悔。

"这箱子有两种颜色,一种紫色的,一种银色的,你要哪种?"妈妈问。

"银色的好看,比较酷,就买银色的。"朱湾果断地做出选择。

"你先帮我记着这个地方,我还得再看看别的,好玩的东西太多了,我都快看不过来了。"朱湾兴高采烈地继续东看看,西看看,像逛大超市一样。

"妈妈,这里有橡皮砖耶,终于找到了,我早就想买了,就没看到过别处有卖的。"朱湾冲着妈妈兴奋无比地说。

"橡皮砖是干什么的?"姐姐疑惑地问。

姐姐是学理工科的,好多美术工具也没见过。

"就是做版画的呀,我以前在'墨盒子'老师教我们刻版画,就用的橡皮砖。这都不知道吗?"朱湾将了姐姐一军。

"哦,原来是这个东西,妈妈也不知道呢,别说姐姐了。不过有了这个,是不是还得有专门的刻刀?"妈妈在一边说。

"哦,对哦,还得要刻刀。呃,这边有刻刀,不过是一套,好多个,有大的有小的,280元,是不是太贵了?"朱湾看着刻刀的标签征求妈妈的意见。

"是有点贵,橡皮砖才几十块,光刀就要两百多,再说这么多刀也用不着吧,那是刻木版画的。这边有单个的卖,就这个中号的应该就可以,大的小的

新年礼物

朱湾自刻自印的新年红包

朱湾随身携带的画箱

地方都可以用，你可以先买一个试试。"妈妈给朱湾建议。

朱湾以前就对版画有浓厚的兴趣，还刻过不少木版年画，有一次还给爸爸妈妈和自己专门印过一套棉T恤。

"也行，先回去试试吧，你先帮我拿着这个。王硕，我们再到楼上看看吧？"朱湾说着又喊姐姐到楼上去看了。

过了半天，两个人手里又拿着好多笔和本下来了，还拿了好几个空白面具。

"天哪，这笔买得也太多了吧？"妈妈惊呼。

"你不是说今天随我挑吗，我们去结账吧？"朱湾说。

"好吧，好吧，看看多少钱？"朱湾带着所有想购买的东西去排队，妈妈跟着在后面付钱。

"妈妈，总共七百八十二。"朱湾的头伸过去看收银姐姐电脑上的数字。

"你们还挺会挑，没有超出预算。"妈妈笑着说。

"我现在就想画画，这么多好工具，我都等不及了。"朱湾抱着一堆狂购的新年礼物兴奋不已。

"你们不饿吗？都快一点钟了，我肚子咕咕叫。"妈妈诧异地问姐妹俩。

"不饿，一点也不饿！我只想画画，你说呢，王硕？"朱湾激动地看着姐姐寻求同盟支持。

"我虽然饿，但是也很想画画。"姐姐看着朱湾可怜巴巴的小眼神，选择了支持朱湾。

"那好吧，外面的小广场倒是有桌子椅子，不过今天有点冷，要不你们先画会儿，过过瘾咱们再去吃饭。"妈妈给她们指了指室外空着的几张黑色铁艺桌椅。

两个人摊开新买的各种工具，立即风风火火地工作起来。

"我们先画面具吧，王硕？"朱湾提议。

"好的。"姐姐附和道。

新年礼物

"这边画绿的,眼睫毛画长一点,嘴画个樱桃色的。"朱湾嘴里念叨个不停,手上也不停地画着。

"我要画个金色的眼影,咦?这个金色的笔怎么不出水啊?这个还最贵呢。"朱湾使劲儿地在面具上滑了几下惊讶地说。

"是啊,我这个银色的也不出。"姐姐也跟着说。

"妈妈,这里的东西也有问题呀,这个金色和银色的笔都不出水呢,这么贵都不好用怎么办?"朱湾求助地看着妈妈问。

"不会吧?应该不至于,你们使劲儿往下甩甩应该就可以出水,我们以前上大学的时候常用这种金银笔勾边。"妈妈陪坐在室外的寒风中瑟瑟发抖地指点。

"哎,真的,有用了!有用了!"朱湾使劲儿把笔往下甩了甩,又尝试着往下画。

"妈妈,还是你厉害,不愧是专业画家。"朱湾兴奋地夸奖道。

"还是妈妈见过世面,对吧,王硕?"朱湾跟姐姐一起都解决了笔的使用问题,笑呵呵地拍妈妈马屁。

"哈哈,这点小儿科,还不至于难倒妈妈。"

"现在去吃饭好不好?"妈妈再问。

"等会儿,等会儿,再画会儿嘛,都有那么多好笔了,谁还知道饿啊!"朱湾和姐姐异口同声地大声说。

# 国子监春游

"妈妈,我们明天要去春游啦,好开心!一会儿我们去超市买吃的吧?还有湿巾,明天又可以野餐喽!"朱湾一放学回到家就迫不及待地告诉妈妈这件事。

"好啊,但你们不是刚放完清明节假期吗?怎么又要去春游了?还上不上学了?你们今年要去哪里春游?"妈妈想到朱湾学校清明节放假后刚开学一天又要去春游的情况有些狐疑,立刻问道。

"不知道,我没看呀,书包里有回执,你拿出来看一下吧,对了,还有,别忘了帮我签一下字。"朱湾一边打开手机上《查理和巧克力工厂》的故事听着,一边无所谓地顺口嘱咐着,显得很淡定。

妈妈其实知道她根本不关心去哪里春游,高兴的只是可以去超市购买零食以及跟同学们一起出去野餐。

这个年龄的孩子对自己选择买想要的东西和跟同学们一起玩耍是特别上心的。

妈妈打开她沉甸甸的大书包,从笔袋里面翻出一张白纸打印的回执条,仔细地阅读上面的文字。

"哦,朱湾,你们明天是要去国子监春游。"

"还记得你去年在美术本上画过的那张《国子监》作品吗?就是那个有民

## 国子监春游

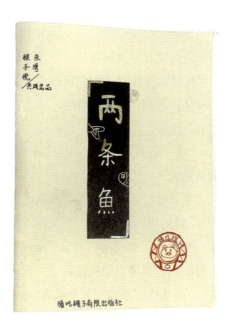

和好朋友程子悦一起创作的绘本，由猪吃橙子有限出版社出版

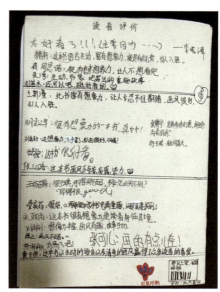

和好朋友程子悦一起创作的绘本，班级同学给出了不同评价

族风格的大门楼？"

妈妈看着回执脑海里一下就浮现出朱湾去年曾经画过的那张令她印象深刻的《国子监》作品。妈妈清晰地记得她当时可是对朱湾的这幅作品进行了大大的表扬。那幅作品设色特别丰富，很有中国味儿，成熟老到的画法甚至让妈妈都有点惊异。

"哦，当然记得了，我也觉得那张画特别好看！"朱湾立即反应过来自信满满地说。

看来她对那张妈妈曾经赞不绝口的作品也印象深刻。

"那是我们美术书上的插图，当时有好几个可以选的图，有故宫，还有长城，都是有民族风格的建筑，我选画的是国子监，我觉得国子监最好看。"朱湾看妈妈表扬她又细致地做了补充。

"国子监还不错呢，而且离你们的学校也不是很远，去年秋天我和爸爸还专门买票进去参观了一次，里面很幽静。刚进门的地方有很多石碑，里面有高大的古建筑，还有许多大树和石栏杆。"

妈妈不再疑惑学校安排春游的时间，顺其自然地继续跟朱湾聊起了国子监。

"啊？你们什么时候去的？我怎么不知道？"朱湾连珠炮似的发问，有点吃惊爸爸妈妈出去玩时竟然不带上她。

"去年有一天你上学的时候，我和爸爸在附近办事，顺便去玩了一会儿。"妈妈怕朱湾产生怀疑，赶紧笑着细细解释。

"国子监是古人上大学的地方，皇帝亲自讲课，级别可高了，可能老师就是想让你们去看看古人是怎么上大学的。这个春游倒是挺有意义的。"

妈妈转而又开始表扬学校的安排了。

"哇！皇帝亲自讲课，那也太牛了！我们校长都不给我们亲自上课，只有在开学典礼的时候才见过。国子监远不远？"

朱湾夸张地说着，逐渐开始对国子监产生了新的兴趣。

## 国子监春游

"不远,从你们学校差不多半个小时就能到了,比原来去春游的地方都近。"

妈妈记得她们以前的春游多在北京的郊外,有的在六环外的昌平,有的在大西南的丰台,每次都有好多小朋友晕车。

"不远更好了,免得晕车,还能和同学玩得更久。"在妈妈的渲染下,朱湾似乎对这个春游的目的地也颇满意。

"国子监就在二环边上,估计还没晕车你们就到了,就是和那个以前你经常去画瓷猫的五道营店平行的一条马路。"妈妈很熟练地跟朱湾勾勒出去国子监的路线。

五道营是北京一条非常有文艺范儿的巷子,里面的很多小店卖各种好玩的文创用品,还有洋气的咖啡馆、餐厅等,到处都装修得非常有艺术气息,是朱湾最喜欢逛的地方之一。

在五道营的巷子大概中间位置,有一家叫"包子和饼饼家"的瓷猫店,这家店是一对学艺术的小夫妻经营的,养了几只加菲猫,名字分别叫"包子"和"饼饼",还有的叫"花卷儿"和"馒头",名字起得很有趣儿。

"包子和饼饼家"店有很多白的和黑的瓷猫坯子,店里提供丙烯颜料,顾客可以在瓷猫上进行再创作。

朱湾以前可是那里的常客,在里面画过很多次瓷猫,每次都感觉不够过瘾,拉都拉不走。所以当我跟她说国子监在五道营的附近,她就对这条路线有了大体的概念。

"那我们这次说不定还能去画瓷猫呢。"朱湾立即兴冲冲地联想起来。

"估计这次是不可能了,老师肯定没工夫带你们去那里。不过,国子监也很有意思,上次我和爸爸是秋天去的,里面的银杏树金黄金黄的,特别漂亮。"妈妈打断了朱湾不现实的想象,跟她顺便聊聊国子监的情况。

"你去国子监正好可以观察一下,跟你去年画的那张画感觉是不是一样。"妈妈又补充道。

画个不停

"好,好!我们还是先去买零食吧,要买火腿肠、饼干、面包、矿泉水,再买点糖果,跟同学一块儿吃。"

朱湾一边安排着自己明天的餐食一边雀跃地拿了零钱跟妈妈一起出门。

"明天妈妈要跟爸爸见个朋友,反正春游没作业,妈妈就不去接你了,跟程子悦和她奶奶一起回来吧,正好放学你俩还可以到操场附近一起玩玩,我五点多再接你回来吧?"妈妈跟朱湾一边商量一边往友谊超市走。

"好啊,我们明天回来就在外面玩儿。"朱湾很爽快地答应了。

第二天一早,妈妈早早地把朱湾送到了学校里。

后来,看到老师们在班级群里陆续发来的各种照片,感觉小朋友们一天都玩得好极了。

同学们一起穿着古装学习古代的师生礼仪,一起在草地午餐,各种自由活动,还看了丰富的表演。

妈妈心想,今天这下肯定是玩痛快了。

下午五点多,爸爸妈妈散着步如约到操场边去接朱湾,一声吆喝之后,朱湾和程子悦从草坪里快速地跑了过来。

"朱湾,妈妈看到老师发的国子监照片了,你们今天肯定玩得很开心吧?"妈妈跟朱湾热烈拥抱着挺有把握地打探着消息。

"小湾儿,今天玩得好吗?"爸爸也在边上同时发问。

"哎呀!今天玩得太不好了!简直是太不好了!"朱湾喘着气大声表示完全不同意妈妈的意见。

"啊!不会吧?我看了老师们发的照片啊,你们穿着古装学拜师礼,你不是最喜欢穿古装了吗?"妈妈听了朱湾的回答,很是惊讶。

"哎!今天真是太不好了,太不好了!真是祸不单行有三!"朱湾坚定迅速地说。

"哈哈,还'祸不单行有三',你说说有哪'三'?"爸爸妈妈听了朱湾自己造的新词都哈哈大笑起来。

朱湾的创新能力一流，有时会用一个词举一反三，能改造成很多有趣的新词。在她很小的时候，爸爸妈妈教她认识正方形、椭圆形等几何图形的时候，她就突然造了一个词叫"椭方形"，还一再地问为什么有椭圆形，就不能有椭方形呢？类似的事情还有很多。爸爸妈妈觉得她的改造都很有道理。

"祸不单行有一是：停车之后老师让我们走到国子监，走了很远，天特别热，导游还不让喝水，这是一祸吧？"朱湾迅速地举出一例。

"这倒也是，那么热的天怎么能不允许喝水呢？这个确实不应该。不过，国子监那条路比较窄，可能不好停车。"妈妈顺着她的思路说下去。

"是啊，天那么干，又热，不喝水怎么行！这导游也真是的。"爸爸皱着眉跟着附和。

"那祸不单行有二呢？"妈妈又笑着问。

"祸不单行之二，就是今天高祎彤撞了我的头，疼死了！到现在头上还有一个大包。"

朱湾说着捋起额头上的头发给妈妈看。

"还真是，不是老师都不让动吗，怎么还能撞到头？"妈妈惊奇地问。

"中间休息的时候，我也不知道怎么回事，我正站那儿，她就忽然冲过来直接撞我头上了。"

"那可真是祸不单行有二，不过她可能也不是故意的，可怜的宝宝！"妈妈拉着长音笑着安慰朱湾。

"那祸不单行之三呢？还有什么不好的事情发生？"妈妈想继续听听朱湾的总结。

"祸不单行之三就是看表演的时候发我那个劣质古装上的黑带子掉了，当时没发现，走到前面一半只好又回来，最后在垃圾簸箕里才找到。"朱湾又迅速地说。

画个不停

朱湾创作的国子监大门,很有民族风格

"哎呀，我的妈呀！真是可怕！terrible！"妈妈想着朱湾在垃圾簸箕里翻找东西的情景，大声感叹着，还配合着做了个夸张的表情。

看来这一天的确是遇到了不少复杂的状况。

真是在家千般好，出门一时难！

"不对，不对，祸不单行还有四呢，导游让我们去还古装，她声音太小了，我根本就没听见，一直在手上拿了好久累得要命才找到地方还。"朱湾说着说着又想起来一系列事情。

"哈哈！真是祸不单行系列！像创作作品一样啊。"爸爸妈妈又大笑。

"同感，同感！"程子悦也在边上添油加醋地皱着眉头附和。

"不对，不对！"

"祸不单行还有五，国子监的尊师礼可真是复杂，站得我们头晕眼花，王婉霖说感到有点低血糖，张淞晨累得直接坐地上了，刘雨钊都晕倒了，我也快累死了，我都想炸了国子监！"朱湾看爸爸妈妈觉着她说得好玩儿又不断地补充下去。

"哈哈！那可不能炸，国子监是国家重点文物保护单位呢！"爸爸看着朱湾愤愤不平的样子大笑。

"你要炸了爸爸可赔不起。"爸爸笑眯眯地又补充。

"我就要炸！"朱湾继续装模作样地吓唬人。

"对！我要跟你一起去炸！"程子悦跑过来继续配合补充。

两个小孩一路说下去，结果竟成了祸不单行有六、有七，最后一直总结到九。

等到了晚上，朱湾情绪平复、准备睡觉的时候，妈妈才躺在床上询问她关于《国子监》作品的事情。

"朱湾，妈妈采访一下你，你有没有看到国子监里的大门楼，和你画上画的那个一样的地方？"

"没看到，祸不单行有九，什么都没来得及看。"朱湾斩钉截铁地说。

一提起这件事，她又有些愤愤的了。

"那你今天一天在国子监到底看到了什么？"妈妈追问。

"什么也没看到，又热又渴什么也不想看。"朱湾仍然带有抱怨情绪。

"以前有个著名作家汪曾祺还写过一篇散文《国子监》，有空时妈妈读给你听听吧？增加点好感。"妈妈开始调整朱湾的思路。

"不想听！"朱湾立即回绝道。

"那你再想想，就确定没有一件印象深刻的事？"妈妈又问。

"没有！什么也不记得。"朱湾很肯定。

"啊！不对，我想起来了，在行尊师礼我走神的时候，有一个印象很深的事情，就是国子监里有一棵辨奸柏，特别好玩儿，那个树上的牌子说它能辨别出好人坏人。"

朱湾终于想起来在国子监里有一件好玩的事了。

"对的，对的，妈妈也看到过，就是明朝有个大奸臣严嵩，去国子监祭奠孔子，经过那个柏树的时候，柏树突然断了一个大树枝，把严嵩的官帽砸下来了。"妈妈一下也想起了曾经看过的那棵古老的大柏树。

"妈妈，你说那棵树真能辨别出好人坏人吗？"朱湾将信将疑地问。

"也许吧，严嵩太坏了，或者是巧了，经过那里的时候树枝刚好就断了。"妈妈含糊地说。

"那严嵩被砸死了吗？"朱湾忽然很关心那棵树的问题。

"好像没有，应该只是砸伤了，这是个传说。你对那棵树这么感兴趣，有空的时候可以再画个辨奸柏，那棵树很古老，倒是挺好看的。"妈妈试着引导朱湾。

"对，那棵大树我喜欢，我觉得我也能画得出来。"朱湾很有信心地说。

"时间不早了，咱们睡觉吧，明天有空时你可以画。"妈妈趁机说。

"采访真好玩儿,你有空再采访我吧,妈妈。"朱湾意犹未尽地说。

"好吧,有空继续采访。"

一阵困意袭来,妈妈已经有点迷糊了。

过了不久,妈妈果然在朱湾的美术本上发现了一棵巨大的老柏树,具体是不是辨奸柏,妈妈也有点说不上来。

# 朱小姐画猪

"叮、叮",妈妈的手机微信突然在卧室的床上响了两声。

"帮我看一下,宝宝,看看是什么人发的微信?"妈妈一边忙活着手里的东西一边请朱湾帮忙。

"好的,母亲大人!"朱湾一边装模作样地作了个揖一边利索地起身拿起手机看了看。

"哦,是罗潇颖妈妈发来的,她邀请我周日参加罗罗的生日party,在五道口华联楼上吃豪尚豪牛排。"朱湾看着手机跟妈妈"汇报"。

"行啊,你想去吗?"妈妈征求朱湾的意见。

"当然想去了,她还邀请了王斯潼、杨一典。我们再去博翼亮买礼物吧?给罗罗买礼物的时候正好我再蹭一份。"朱湾显然有点自作主张。

"什么?什么?你又来了,我可再也不想去博翼亮了,每次都是那些礼物,可不可以换一换?这次自己不用再买了吧?"妈妈连忙紧张地反问朱湾。

博翼亮是学校门口的小文具店,里面的东西朱湾不知道已经买了多少,家里简直是物满为患。

"好吧,好吧!不去博翼亮,那去哪里买呀?"朱湾稍微做了点让步又试探性地问妈妈。

"我们周日回来,直接到华联楼上买礼物,买完正好去吃饭,免得跑来跑

朱小姐画猪

朱湾画画的本子多得数不清,这是其中很小的一部分

去，如何？"妈妈赶紧给出了一个更方便合理的主意。

"好的，那我们去 the Green party 吧，那里的东西我也喜欢，我可要好好挑一挑。"朱湾这回倒是顺其自然，没有坚持再去博翼亮，并开始主动设计路线。

"好吧，好吧，不过你自己可要少蹭点儿。"妈妈无奈地叮嘱。

不知从何时开始，朱湾给自己定了一个不成文的"霸王条款"，就是过生日要给自己买礼物，也收同学朋友的礼物；给同学过生日挑礼物的时候，自己还要再配套同样的礼物。她既要过农历生日，又要过阳历生日。

这样就不管是自己过生日，还是小朋友过生日，反正她总是有礼物可收的。

小朋友之间来往的礼物倒不是很贵重，无非是各种各样的笔呀、橡皮呀、本子呀之类的。

妈妈之所以不想让她老买礼物，是因为朱湾已经有了无数种重复文具，光是各种各样的本子，没用过一次的都装了满满一大箱。各种零碎的笔呀、橡皮呀更是数不胜数，收拾起来简直没个完。

星期天的下午很快就到了，朱湾没有忘记约定，催促着妈妈早早出门。

一来到华联楼上的 the Green party，她就熟练地拿着个购物筐走来走去，挑挑这个，摸摸那个，似乎对什么东西都有兴趣。不仅给罗罗买了大西瓜靠垫，还有一堆笔和笔记本，又给自己和王斯潼、杨一典分别挑了带着亮闪闪水晶装饰的笔。

"妈妈，我也想要个同样的大西瓜靠垫？"朱湾拿着一堆礼物过来问站在门边上不愿意进店的妈妈。

"啊！别买了吧？那么大，多难拿啊，一会儿罗罗妈妈还说要带你们去另外一个地方做蛋糕呢。"妈妈试着推托。

"那你下次给我买，行不行？"朱湾步步追问。

"好吧，好吧，或者再看看其他地方有没有好玩的东西吧。"妈妈搪塞着。

两个人一边说着，一边就走到了约定吃饭的地方。

朱小姐画猪

画个不停

几个小女生见面，一阵欢呼，也顾不上点菜，就你来我往迅速地把礼物分了，又兴奋地叽叽喳喳说个不停，两位妈妈在一边，根本插不上一句话。

一阵说说笑笑、吃吃喝喝之后，四个小朋友提出要在商场里逛一会儿。

"豪上豪"的门正对着一家敞开式的叫"疯果"的店，店里东西都是一些特别有设计感的小玩意儿。以前经过的时候，朱湾也常常过来逛。"疯果"外面的一个货架上摆着长长一排打折促销的灰色水泥做的小猪，连续十几个，每个基本一模一样，憨态可掬。

几个小朋友从牛排馆一出来就看见了这些，杨一典幽默地跟朱湾说："朱湾，你看全是你的'朱'。"朱湾没有反对，也笑呵呵地对着一群小猪看了半天。

第二天，妈妈和朱湾又去华联楼上吃饭，再次经过"疯果"。妈妈主动说："朱湾，昨天妈妈不是欠你一个礼物吗？这排小猪雕塑做得真好，现在正好打折，才10块钱一只，给你买一只好不好，回去还可以在上面画画，就像以前画的瓷猫一样。"

"好吧，我昨天也看见了，觉得好看，还怕你不同意我买呢，今天我要自己挑一只。"朱湾弯下腰仔细地在一排小猪前挑选，这些小猪其实是一个模子里做出来的，每只并无太大分别。

水泥做的小猪是实心的，拿在手里沉甸甸的。

"真的小猪是不是也这么重？"朱湾一边假装抱着真的小猪，一边好奇地问妈妈。

"还真是差不多，真的小猪刚出生就是这么大，也差不多重。"妈妈想了想小时候在农村见过的小猪告诉朱湾。

"等回家的时候你用报纸包上，当成礼物送给爸爸，正好爸爸也是朱（猪）先生，哈哈。"妈妈给朱湾出起了歪主意。

晚上爸爸回到家，朱湾拿出层层报纸包着的小猪往爸爸面前一放，没大没小地说："老朱（猪），给你的礼物。"

## 朱小姐画猪

爸爸高兴地接过礼物，打开一看，哈哈大笑，把小猪放在了客厅中间最显眼的位置，还连连夸赞雕塑做得好，水泥的灰色也很漂亮。

第二天是周六，朱湾和姐姐一起对坐在大厅的长桌子边，姐姐在埋头写作业，朱湾一边听故事一边以姐姐为原型设计搞笑衣服，画纸堆了一桌子。有上衣、裤子，也有裙子，一会儿说这个是民族风格，一会儿是公主风格，一会儿又是翠花风格，最后突然决定设计一套撞色系列，惹得姐姐不停反击。

"妈妈，我想画小猪。"朱湾设计了一通衣服之后突然看到了客厅台子上的小猪。

"好啊，你拿下来画吧，不过要好好画，不要恶搞。"妈妈一边忙活着手里的事情一边交代着。

"帮我拿一下颜料吧？"朱湾又对着妈妈说。

"好吧，我去给你拿颜料，你在桌上铺上报纸，待会儿别把桌子弄脏。"妈妈放下手中的工作转身去画室取颜料。

"这次要用水粉颜料画，不能用你手里的马克笔，小猪是水泥做的，马克笔上不去颜色，盖不住。"妈妈说着把朱湾的水粉颜料盒拿出来，还装了一罐水用于调色。

"我给小猪画什么颜色呢？"朱湾拿着小猪想来想去。

"我想起来了，我要画个撞色猪。"朱湾看到刚才自己给姐姐设计的衣服又来了灵感。

"呵呵，猪还撞色呢？这也太时尚了吧？！"妈妈在边上笑起来。

"对呀，我先画红色。"朱湾坐下来用水粉笔把小猪细心地分成两个颜色区域，慢慢地涂抹着。

由于小猪的底色是灰色的，红色上去之后全部变成了橙色。

"妈妈，橙色的撞色是什么颜色啊？"朱湾画好了小猪的一半时才想起来问。

## 朱小姐画猪

"橙色的对比色也说不好,橙色是个暖色,你就画绿色吧,绿色是冷色,和橙色对比强烈,也算是和橙色撞色了。"妈妈思考着给朱湾分析。

"好吧,那我就画绿色吧!"朱湾答应着继续忙活起来。

"爸爸、妈妈,画好了,你们来看呀!"过了好大一会儿朱湾招呼着爸爸妈妈过来欣赏她的成果。

还真不错,灰色的小猪完成了大变身,一只耳朵是橙色的,另一只耳朵是绿色的。眼睛则是绿的那边画成橙色的,红的那边画成绿色的。身上也是一半橙色,绿色的那半边又画了一块橙色做装饰。

"好时尚的小猪!"妈妈赞叹。

"宝宝真是艺术感觉好,涂的颜色好特别。"爸爸也附和。

"朱湾,你今天这个可真是朱小姐画猪啊!"妈妈又开起了玩笑。

"我还想画小猪,能不能再去买两个小猪?"过了两天,朱湾又想起了这件事。

"完全可以!"这次妈妈爽快地一口答应了。

# 累死的画家

星期天早晨,全家都起得很晚,匆匆忙忙地吃了早饭,在院子里简单收拾一下,给花和树浇浇水,胡乱地转一圈,已经十点多了。

"妈妈,我们家的猪在举行婚礼。"朱湾不知何时摘了一朵新开的大芍药,放在灰色水泥玩具猪的头上玩着。

自从上次"朱小姐画猪"以后,她就对水泥玩具猪产生了浓厚的兴趣。

后来,再去华联吃饭的时候,又买了两个水泥猪回来。

"你……!"妈妈看着这朵硕大的芍药简直无话可说。

"可惜了我的芍药,等了一冬天,昨天好不容易开了几朵,你竟然摘下来给猪戴。"妈妈表示有些惋惜和气愤。

"可是猪在结婚呀!"朱湾笑得呵呵的,继续往猪的头上放花。

"妈妈,快来帮我给猪拍婚纱照啊!"朱湾给猪们摆好了造型在一旁等待着。

"好吧,好吧,也罢,给你个面子,就给猪们拍一组婚纱照。"妈妈见朱湾玩得愉快,也就不跟她计较芍药花的事了。

"你先拍一个并列婚纱照。"朱湾说着把两头小猪并列地放在一起,一头猪的头上戴着鲜艳的大芍药。

"戴花的是母的,不戴的是公的。"朱湾补充道。

累死的画家

画个不停

"妈呀,你别说,这组还真喜庆。"妈妈拿出手机跟朱湾一起玩了起来。

硕大的紫色芍药放在灰色水泥猪的头上,对比特别强烈。在阳光的照耀下,要多喜庆有多喜庆。

"再换一组造型,一个在下面,一个在上面,拥抱式的。"朱湾说着又把两头小猪换了个位置。

"摄影师,继续!"朱湾从容地指挥着妈妈。

"最后是夫妻对拜,把花放在两猪中间。"朱湾嘟嘟囔囔地继续摆弄着两头"可怜"的玩具猪。

"还可以来个草坪婚礼呢。"妈妈也开始帮朱湾出主意。

"对呀,对呀!"朱湾见妈妈陪她一起玩,就高兴地把小猪从石阶上移到草坪上。

"你昨天的作业写得怎样了?还有多少?"玩了一会儿,妈妈开始询问朱湾的作业情况。

"还有语文的七、八单元复习,古诗默写,周一要考试。"朱湾想了想说。

"啥?周一要考试,你还在这里玩得这么起劲儿,赶紧回去复习。"妈妈说着收起了手机。

"让它们自己举行婚礼吧,我们学习去了。"妈妈迅速地结束了和朱湾的玩耍。

回到屋里,各自去工作。

爸爸在书桌前写东西,妈妈在电脑上整理资料,朱湾坐在大桌子前写着老师留的作业,桌上的纸笔和各种课本乱七八糟地摊了一大片。

"妈妈,复习完了,你来检查吧。"不一会儿,朱湾又叫道。

"好吧,那你先玩会儿,妈妈等会儿检查。"

周末的时候,妈妈在家里就是个超级"万能胶",哪里叫,哪里到。

"朱湾,你有两个错误,一个是'侍从'的'侍',是单人旁,你写成了

## 累死的画家

'待遇'的'待',要记住,不是双人旁。另外,'贼寇'的'贼'少写了一撇,那就不是个字了。"

妈妈耐心检查着朱湾拼写的卷子,仔细地一一告诉她。

"每个错字写三遍,要不考试又出错。"妈妈简洁地吩咐。

朱湾看了看自己的错误,自知理亏,一言不发地分别写了三遍。

"作业全好了,妈妈,我还想画猪。"刚做完作业的她又惦记起自己的猪来。

"好啊,你画啊,反正复习完了,木有问题。"妈妈轻松地表态。

"自己准备颜料,底下铺上报纸,别等会儿搞得到处都是颜料。"妈妈叮嘱道。

"知道了,你当我傻呀!"朱湾拖着长音轻松地开着玩笑。

自从上了五年级之后,感觉朱湾明显长大了,很多事情不再需要嘱咐,好多作业也都可以自己独立完成。

每当妈妈给她说一些她能自己想到的事情时,她总是搞笑地说:"你当我傻呀!"就表示这个事情根本不用操心,她早已知道怎么做了。

"好吧好吧,那你自己画吧,天也不早了,你亲爱的老妈又要做午饭去了。"妈妈说着走到了冰箱前,看一下中午要吃什么。

"你帮我拿一下装水的罐子吧,颜料调不开。"朱湾已经拿起画笔跃跃欲试地要开始工作了。

她准备用的是水粉颜料,颜料干了很久,不用水根本调不动。

"好的,我帮你多接点水,你慢慢画啊。"妈妈迅速地给朱湾送来一大罐清水。

"亲爱的公主,这是您的水,我是您的侍从,是单人旁的侍从,不是'待从'。请问还有什么吩咐?"妈妈捏着嗓子表演,让朱湾强化记住自己刚才的错字。

画个不停

累死的画家

画个不停

"你上次画的是撞色猪,这次准备搞个什么样子的?"妈妈看着朱湾把猪拿在手上摆弄着,顺便问了一句。

"这次要画个乳猪。"朱湾想了想回答道。

"哈哈,还画个乳猪,跟我们上次在深圳看到的烤乳猪一样的?"妈妈在一旁打趣。

妈妈脑海里立马浮现出春节时在深圳街头看到的外焦里嫩的肥肥的烤乳猪,不禁失笑。

"跟那个不一样,就是刚出生的小猪,刚出生的小猪是不是粉色的?"朱湾调出来一块粉色的颜料给妈妈看。

"哦,原来是刚出生的小猪啊,那差不多,你可能还要再加点白颜料,没有那么红,比你这个要浅一点。"妈妈弄懂了朱湾的意思建议道。

"好的,我再加点白色,你去做饭吧,我要自己画。"朱湾撵走了妈妈,开始埋头认真"工作"。

妈妈从冰箱里找出百叶、青菜、黄瓜和德州扒鸡,洗了半天,把百叶烫好,趁给德州扒鸡加热的时候晃着酸疼的肩膀在爸爸和朱湾中间来回晃荡着发表议论:"哎!早饭刚吃完又要吃午饭,可真麻烦,吃完还要洗碗,马上又要做晚饭,人为啥要一天吃三顿,要是一天只要吃一顿就好了,我就给你们认真做一顿那多好。"

"我真是一个懒死的厨师!"妈妈继续甩着酸疼的肩膀自嘲道。

"你要是个累死的厨师的话,我就是一个累死的画家!"朱湾在一旁迅速地接话。

"哎吆喂,真是累死我了,涂了个乳猪脖子都快累断了。"朱湾又接着说,手上还扶着将要画好的小猪。

"天呢,这也太像了,跟真的猪颜色几乎一模一样!"妈妈惊呼着凑上来看。

### 累死的画家

"我涂得可厚了，一点都没漏掉，不过真是快累死我了！"朱湾得意扬扬地说。

"你们一个懒死的厨师，一个累死的画家，这里还有一个疯狂的诗人。"爸爸突然在自己的书桌前伸着大大的懒腰幽幽地说，原来他一直在埋头把自己近期作的诗都抄到本子上。

"哈哈，哈哈！"

懒死的厨师、累死的画家、疯狂的诗人互相看了看便一齐大笑起来。

# 《千里江山图》和赵孟頫

"妈妈，今天放学你怎么没来学校接我呀？为什么让程子悦姥爷接我啊？"

"你干什么去了？怎么这么晚才来接我？"

"我还是想让你来接我！"

朱湾看到来程子悦家接她的妈妈立刻发出一连串的疑问，飞奔似的冲到妈妈身边，环腰抱住妈妈亲昵地在她的身上蹭来蹭去，像好多天没见着一样。

朱湾最喜欢每天放学后看到妈妈来接她，然后一路聊天到家，有时把在学校憋了一天的情绪彻底释放出来，有时又把在学校发生的趣事倒豆子似的讲给妈妈听。

从朱湾上学开始，一直到现在的五年级，几乎是每天，都是妈妈雷打不动地接送。

"偶尔让别人帮忙接一次了，又不是天天这样。再说你最近不是特别想跟程子悦玩吗？正好让你们玩一会儿。"妈妈赔着笑脸赶紧解释没能及时到校接她放学的原因。

"那好吧！不过我还是很想让你来接我。"

妈妈和撒着欢儿的朱湾从程子悦家并肩走在回家的路上。

"那你今天到底干什么去了？给我说说吧。"朱湾又开始继续刚才的追问。

"今天爸爸妈妈一起去故宫博物院看展览了，排队的人太多啦！排了好几

《千里江山图》和赵孟頫

《千里江山图》局部

个小时，所以就来不及接你了。"

"什么展览啊？好看吗？为什么会有那么多人？"

另一串的问题马上又接上了。

"我正想给你说说这个呢，爸爸妈妈今天看了一个特别的展览，叫《千里江山图》，一个展厅就展览一幅作品。"妈妈也顺势跟朱湾聊聊一天的见闻，让她长点见识。

"啊，一幅作品也能展览？"

"你们一幅作品还要看那么长时间？"朱湾用怀疑和惊讶的小眼神看着妈妈问。照她的设想，一幅作品还不是几分钟就能看完。

"这幅作品比较特殊，是宋代的作品，非常珍贵，难得一见，是个很长很长的长卷。"

"长卷是什么样的，你应该知道吧？你以前也画过的。"妈妈提示朱湾。

"当然知道啦，就是那种横式的，长长的卷在一起的样式，我不是画过荷花长卷吗？过年的时候还画过狗长卷，这谁不知道呀！"朱湾自信满满地回答道，还顺便举出了两个例子。

"哦，真棒！知道就好。"妈妈表扬道。

"当然了，宋代还有另一幅著名的长卷，就是张择端的《清明上河图》。"妈妈接着详细地解释给朱湾听。

"你说的《千里江山图》很长很长，有多长，十几米长？有咱们的房子长吗？"朱湾迅速找出了一个身边常见的参照物。

"那可是挺长的，真是十几米长，比咱们大客厅的最长的一面墙还要长呢，肯定比你们的教室长。"妈妈按照朱湾的想法也拿房子作比较，让她联想一下十几米的作品是个什么概念。

"那我原来过生日时也和同学一起涂鸦画过一个很长的长卷，就是你上次在宜家给我买的那个大卷纸，我们都画完了，十几米也没什么了不起吧？"朱

## 《千里江山图》和赵孟頫

湾往深处想了想，忽然牛气冲天地说。

嚯！还真是初生牛犊不怕虎，直接跟《千里江山图》比上了。

"《千里江山图》是工笔作品，精致至极，每一个小人才有一个米粒那么大，画得特别特别细致，跟你们那个涂鸦可是不太一样。"妈妈要给这个"小牛犊"细细说道说道了，不要以为人家的十几米也跟她们的涂鸦一样一会儿就画完了。

"那这么好的作品为什么要那么多年才展览一次？不能天天展出给大家欣赏吗？"朱湾又表示了自己的不理解。

"因为这个作品年代很久远，那么长，又是青绿山水，展览一次容易对作品造成损伤，所以要好多年才能展览一次。"

"什么是青绿山水？青绿山水不能展览吗？"朱湾紧接着又有了新问题。

"青绿山水是一种特殊的中国画，它用的颜料青色的、绿色的居多，用的是矿物质颜料，整个作品看起来比较蓝、绿，颜料有一定的厚度，时间长了老展开就容易脱落，所以不能天天展览。"

"你看妈妈平时画山水要么就是不上色，只用墨，要么就是上比较淡的颜色，这种叫水墨画或者淡设色山水。青绿山水比较鲜艳，和妈妈画的不是一种。"

妈妈思考着，平时确实没有让朱湾看过青绿山水画，想用比较的方法让朱湾想象一下青绿山水画的样子。

"因为矿物质颜料比较容易脱落，所以不能经常把这个长卷取开展览，防止把颜料弄掉，而且展一次这个画的寿命就会缩短一次。这次展览离上一次展览隔了好几年，看到一次可不容易了，是真正的国宝，好多人还专门从外地来北京看呢，所以人暴多。"妈妈把这张作品展览的情况细细讲给朱湾听。

"那我以前的作品也不能老拿给别人看了？"朱湾略带忧愁地发问。

"哈哈，你那些倒不要紧，都是水彩笔画的，不用担心。"妈妈被朱湾逗笑了。

画个不停

爸爸妈妈和朱湾在琅嬛书房的贺岁展

和同学们一起画长卷

《千里江山图》和赵孟頫

"这次展出是在故宫的午门,以前的书画展览都在武英殿,位置也比较重要。我和爸爸冒着烈日在外面排队排了两个多小时,嗓子干得都要冒烟了。每次只放几十个人进去,一批一批地看,走了一批人下一批人才能进去。进去还有两个展厅,一个是其他的青绿山水画,另一个专门的厅才是《千里江山图》,还要再排队才能看到,人密密麻麻的,腿都快站断了,真是累死了。"妈妈边走边跟朱湾形容展览的盛况。

"这么多人看这个长卷,那是谁画的知道吗?"朱湾对美术史有些常识,知道有的古代作品是佚名的,并不是都知道作者。

"这个作品的作者叫王希孟,也是个特别的画家,我正想给你讲这个呢。"妈妈觉得朱湾很聪明,一下子抓住了重点。

"王希孟原来是在宫廷画院工作,他十几岁就在画院里学画画,古代宫廷里的画师主要就是给皇帝画画,他画了好多画进献给皇帝,皇帝都没看上,但是觉得他年纪小还挺有灵气的,就亲自教他。"妈妈开始跟朱湾说故事。

"皇帝还会画画?"朱湾很是惊诧。

她看过电视上的宫廷剧,皇帝不是上朝就是逛花园或者处理后宫妃子的事情,还真没见过皇帝画画哩。

"当然了!古代的皇帝都很全面,他们从小就要请很多老师学很多知识,好懂得怎么治理国家、怎么管理人才、怎么欣赏艺术,可比你们在学校里累多了。王希孟当时的那个皇帝是宋徽宗,在历史上是个著名的大画家,是皇帝里面特别喜欢画画的。他还喜欢画工笔画,画过好多作品,《芙蓉锦鸡图》《瑞鹤图》等都很有名,他还发明了一种叫瘦金体的书法,细细长长的。这个皇帝和其他皇帝不太一样,他对艺术特别有兴趣。"

"那皇帝亲自教他,他是不是很高兴?"朱湾想象着王希孟有个做皇帝的老师好开心。

"对呀,宋徽宗亲自教他之后,他进步很大,在十八九岁的时候就画了这张青绿的长卷巨作《千里江山图》，总共只花了半年多时间就画好了，还画得特别工整、有条理。"

"据研究者说这张图画的是江西庐山到福建一带的风景，展示了国家的大好河山。给皇帝画画，肯定要选吉祥的题材了，万一画得不好，皇帝一不高兴就能把画家给杀了。这张画画好后，就进献给了宋徽宗，皇帝大赞，说他画得好。不过后来不知什么原因皇帝把这幅画赐给一个叫蔡京的大臣。蔡京也是个大艺术家。"

"那他除了这幅画后来画得还多吗？"

朱湾开始觉得这个王希孟有点了不起了。

"是啊，按道理说他后来应该画很多好作品。可惜的是，他才画完这幅巨作后一两年就死了。有很多专家研究说他当时为了尽快画完这幅画，疲劳过度、体力透支给累死了，所以他的存世作品并不多。"

"好可怜呀！那他也太倒霉了！"朱湾感慨道。

"你以后画画可不要太拼命，悠着点儿。"妈妈跟朱湾开玩笑说。

"我才不会累死呢，我画画的时候都听着故事，喝着酸奶，一会儿还起来溜达。"

哈哈，真是会享受的小东西呢。

"不过爸爸妈妈今天还看了另外一个书画大家赵孟𫖯的展览，是在故宫的武英殿里展的，去一趟就把两个展览一起看了。"

"赵孟𫖯是什么时候的人呢？我怎么好像听说过这个名字？"朱湾似乎觉得有点耳熟。

"赵孟𫖯是元代的，比王希孟他们要晚一个朝代，宋代之后才是元代。你可能听爸爸说过赵孟𫖯，爸爸的老师黄惇爷爷就是研究赵孟𫖯的大专家。"

"赵孟𫖯厉害吗？"

"当然厉害了！他是个大官，也是元代最著名的书法家、画家、大文人，

## 《千里江山图》和赵孟頫

赵孟頫的《秀石疏林图》卷

比王希孟要全面得多。而且不光他一个人厉害,他一家人都很厉害。赵孟頫的夫人叫管道昇,也是大画家,他儿子、侄子都会书画,全家人都搞艺术,当时的皇帝、大文人都特别推崇他。"

"那我们全家也都会画画呀!"朱湾毫不示弱地说。

"哈哈,对呀,我们好好画,争取以后超过他们家,以后爸爸妈妈展览都带上你。"

妈妈听了朱湾的话不禁莞尔,也跟着朱湾附和道。

"今天我们在展厅还看了一幅作品,就是赵孟頫和他夫人、儿子一起,每人画了一张竹子裱在一个长卷上,也很好玩儿,三个人画的风格都不同。"

"那我们也可以三个人都画一张纸上,裱在一起呀。我们画荷花吧,一人画一张荷花。"

看来朱湾举一反三的能力还真是很强啊。

"好啊,我们有空时就画一个这样的作品,裱成一个长卷,明年扬州展览的时候一起展出,肯定很好玩儿。"

"朱湾,赵孟頫的'頫'字你知道怎么写吗?"妈妈故意问朱湾。

画个不停

朱湾生肖长卷

朱湾创作的小长卷

《千里江山图》和赵孟頫

朱湾在琅嬛书房贺岁展的作品

"是'俯视'的'俯'?"

"不是。"

"难道是'腐烂'的'腐'?"

"瞎说,更不可能了。"

"难道是'米芾'的'芾'?"

"不对,这个'颎'字现在不太常见,是瑞雪兆丰年的'兆'字,右边加一个页码的'页'字,把手伸过来,我写给你看看。"

妈妈边说边写在朱湾的手心里。

"痒痒!"

朱湾忽然大笑着跑开了。

## 大声叫好

"妈妈,我今天被美术老师选为精英中的精英啦!"朱湾一放学就兴奋地跟妈妈直嚷嚷。

"哇!这么棒!都成精英中的精英啦,妈妈就知道你肯定是班上最棒的!"受了朱湾的感染,妈妈也毫不吝啬地大声夸奖起来。

就算是平时,每天接朱湾放学的妈妈都要提前调整好情绪,无论她在学校遇上什么情况,基本上也都是以表扬为主。如果有特殊问题,也是表扬和批评相结合,批评她做得不对的地方,找到她的部分优点再加以表扬。

妈妈深信,自信和快乐对孩子来说是比学习成绩更重要的事儿。心理健康更重要,儿童时期来自家庭的肯定和表扬一定会成为她一生幸福的源泉。

朱湾现在班上有38个同学,妈妈知道上次有七八个人被选为美术精英,这次她又被选上精英中的精英,确实是很不容易的。

"老师说,我们学校要在炎黄艺术馆办一个画展,庆祝学校成立六十周年,美术精英中的精英都要交作品给老师,到时候要一起展出,展出的时候你去不去看?"

朱湾回味着在学校被老师选中的激动,想象着作品即将被展出的场景,详细地跟妈妈描述着。

"那太好了!小湾儿的作品又要到正式的大美术馆去展出了,太棒了!炎黄艺术馆离我们家也不远，爸爸妈妈当然会一起去看你的展览了，妈妈为你感到骄傲！"

妈妈脑海里不禁回想起上次朱湾的作品和爸爸妈妈的一起在北京大学展览的情景。

爸爸妈妈的画展，每次都要带上朱湾的一两件作品，一来是为了培养她在艺术学习上的兴趣和动力，另外也好让她感受感受装裱好的作品在正式展厅里是个什么样子，对作品有个完整的认识。

正式装裱好的作品挂在展厅里和平时看到的一张画完的纸的感觉是完全不同的。

装裱好的作品在展厅里，配上灯光效果，会让作者和作品产生一种距离感，让作者自己变成观众，可以从另外一种角度来看待和审视自己的作品。

朱湾在北大展览时展出了一张在皮纸上画的横幅国画作品，当时她刚上一年级，画的是一张快乐家庭，爸爸、妈妈和宝宝，用笔十分稚拙可爱，好多观众都专门过来和她的作品留影，还邀请她现场签名和作画，大大激发了她的兴趣。

那个时候爸爸妈妈还从没有专门教过她画画，爸爸妈妈工作的时候她似乎也并没有仔细观看过，所以出手时用笔胆子很大，完全没有束缚，颜色也很纯粹。

"那你这次想好画什么了吗？"妈妈回过神来继续问朱湾。

"还没有呢，老师让我们先构思构思，过几天再交上去。"朱湾很轻松地说。

"要不你这次再画张中国画吧？好久都没用毛笔画画了，最近妈妈在画荷花，也教你画荷好不好？"妈妈顺口提议。

正是夏天荷花盛开的季节，妈妈最近都在创作荷花系列的作品，心想，何不让朱湾也来试试。

大声叫好

朱湾在北京大学举办的全家画展展厅里画画

朱湾在炎黄艺术馆为校长和小朋友讲解作品

## 画个不停

妈妈是一位比较感性的画家,喜欢跟着季节的脚步来表现作品。

荷花清丽,画起来并不算特别复杂,就是荷花、荷叶、莲蓬、花苞几个主要部分,朱湾应该可以把握。荷花又是中国绘画的传统题材,历来为画家钟爱,寓意高洁脱俗,画得好的话是非常有韵味的。

妈妈认为小孩子画国画既不能老气横秋、程式化,又要保持对毛笔的亲近感,还要能够感受中国画特有的笔墨和气韵。

"好啊,我觉得荷花也好看,你以前给我看过八大山人和齐白石老爷爷画的荷花,我都喜欢。"朱湾想到以前看过的荷花作品,脑子里大概有了数,很爽快地答应了。

看来平时不经意给她看的经典作品,看的时候貌似并不怎么关注,但实际在她脑海里已经留下了印记。

"那我们先去创作室吧,画一会儿再去吃饭。"朱湾在学校受了老师的鼓励,立即要一鼓作气地去创作。

她平时都是一放学什么也不干就饿得立即要吃饭的。

看她那么主动要去画画,一定是很有感觉,妈妈得赶紧抓住机会。

两人说说笑笑不一会儿就来到妈妈平时创作的工作室。

"今天,我们就先临摹一张齐白石老爷爷的荷花吧,先临摹后创作,自己心里才有数,你可以先观察一下书上的画法。"妈妈一边指导着朱湾一边帮她倒墨裁纸。

"我们这次画个大的,四尺对开的长条,妈妈要用最好的宣纸给你试试,敢不敢?"

妈妈一方面要试试朱湾的胆量,另一方面也有心让她真正感受一下中国画的魅力。

"敢啊,那有什么可怕的!不就是一张纸嘛!"朱湾拿着齐白石画册在画室里溜达着,看起来很自信的样子。

大声叫好

她平时在家里画画一般都是用 A3、A4 大小的纸，坐在桌子边慢慢画着玩儿，画一会儿歇一会儿。要说正儿八经地画张大画，还真没经历过。

"这么大的尺寸不能坐着，要站在画案边才能完成，而且中间不要停啊，停下来再画味道可能就不对了，毛笔和水笔也不太一样，不能描来描去，争取一气呵成啊。"妈妈嘱咐道。

"你过来先看看这张齐白石老爷爷的原作，他那个荷叶很大，要把笔按到底，用浓一点的墨，荷花先用胭脂再调一点朱砂，不要太艳，荷叶的秆子很多，用笔一次要拉到底，中间不要断，用写篆书的方法画线才好看。"

妈妈在桌子边上大致地给朱湾讲解一通。

"知道啦！知道啦！我要开画了，等不及了！"

看她抓耳挠腮的样子真是很有创作冲动啊。

朱湾说着就用毛笔在砚台里蘸了浓墨，又在笔洗里蘸了点水，墨汁一路滴滴答答地直接移到宣纸上，立即用力地按下去，有些部分顿时涨开了。

她也不管不顾，又蘸了些清水，把墨汁调淡，直接去画第二片叶子了。

胆子真是大啊！妈妈在边上看得心惊。没有受过艺术训练的小孩，不畏手畏脚，纵横开阖，大人的担心根本就是多余。

"我觉得我画得很好，对吧，妈妈？！"朱湾感觉很过瘾，看着边上妈妈认真的表情，马上开始大肆地进行自我表扬。

用这么大的笔画这么大的纸还是第一次，她体会到了墨色在宣纸上晕化的快感，畅快的感觉让她又提起了更多的兴致。

"好，太好啦，这两片叶子一个浓，一个淡，非常好！"

妈妈在一边大声叫好。

"荷花往边上去点儿，不要放在正中间，那样太平均不好看，颜色不用调得太均匀，太死了没有变化，没有味道。"

妈妈其实跟朱湾没办法解释中国画的韵味到底是怎么一回事儿，只好完全

画个不停

朱湾荷花系列

大声叫好

把她当成大人一样对待，完全按照自己的想法来说，也不管她能不能听得懂。

"知道知道！"朱湾一副胸有成竹的样子。

刷、刷、刷，没几下，一朵荷花的样子基本出来了，花瓣的上面尖尖的，颜色也深一些，下面逐渐变淡，层次感很好。

还真是不错，能放开笔也能收住笔。

"上面再补几笔，好像对面的花瓣一样，等干了之后再勾点花蕊。"妈妈一边惊叹于朱湾的艺术感悟力一边继续指着原作给她看。

"没干的地方不能接着画，会洇成一片。"妈妈怕朱湾动作太快，赶紧嘱咐。

"最后画荷花的秆子，用笔一定要注意，这么多秆子用笔要用到底，有疏有密，有的交叉，有的不交叉，还不能乱。"妈妈在画荷花的过程中体会到秆子其实是最难处理的部分。

那么多长线过于平均不好看，交叉得不好也不好看，太密集了同样不好看。

"我要开画秆子啦，请注意！"朱湾做了个鬼脸。

她完全把画画当游戏看，开心得很。

"把笔捻一捻，要用中锋，把写篆书的感觉拿出来。"妈妈在一边提着醒。

一笔长长的线拉下来，动作又快又准，很有书写感，真是特别的好，有浓有淡有枯笔。

妈妈打心眼里佩服。

"好，太好啦！这根秆子的感觉棒极了，再来下一根，注意方向。"

妈妈像个陪练师傅一样，在边上又是夸赞又是指挥。

朱湾听了妈妈的频频鼓励，胆子更大了。

"太好了，这根线更好，运笔运到底。"

"好，这个交叉得也好，很自然。"

妈妈一边大声叫好，一边跑到前面去帮朱湾拉纸。

"这边看着有点空，我再补个花苞。"朱湾看着即将画完的荷花作品一边自作主张地说。

"对，就是这样，哪里太空不好看就补点东西，宝宝平衡感真好！不过也不要太平均，要有疏有密。"

妈妈继续按照大人的思路跟朱湾对话。

"我知道，秆子下面我要画两条鱼，一条大的，一条小的。"画得越来越高兴的朱湾，已经完全脱离了临摹的画册，尽情地创作起来。

"荷花里面可以用浓色细线勾一些花蕊，这样有细有粗，有对比才好看。"

妈妈开始引导朱湾处理细节了。

"荷花的秆子上点一些点，你仔细观察荷花秆子，就能发现上面有一些刺摸起来很扎手，画出来可以丰富画面。"

"不画了，不画了，累呆了。"朱湾把画面收拾得差不多后立即瘫坐在椅子上。

站着画完一张那么大的画，是够累的。

"不错，不错，成功了！第一张荷花画得好棒，以后我们可以画一组，画个四条屏，也可以画横的，也可以画斗方，可以画个荷花系列。"妈妈又开始了雄心计划。

"等我歇会儿再画，不过，我要再画时你一定要在边上大声叫好啊！"朱湾扬扬得意，居然开始提要求了。

"哈哈！只要你画得好，我肯定在边上大声叫好！"妈妈爽快地答应着。

从此，妈妈的大声叫好声成了朱湾画荷花的标配。

就这样，朱湾在之后的一个暑假还真是画了不少的荷花作品，有四尺对开的长条，有斗方，有横的长卷，还有一张四尺整张的"巨幅"呢。

# 映碧牛诗

"上课啦，上课啦！"妈妈、姐姐和朱湾三个人刚从外面回来一会儿，爸爸就在书桌前急切地招呼大家。

今天是怎么回事？爸爸这么积极主动，有什么新想法？

"今天我们来教个新的东西，上课的内容是教大家写古诗，都快点过来。"爸爸兴奋地接着往下说。

"好的，马上来，早就想学写诗了，我最近对古诗的兴趣特别大，这课有点意思。"妈妈一边评论一边积极响应着，她前几天刚和爸爸讨论过关于写诗的事，所以迅速地来到爸爸书桌的对面坐下。

"好的，马上，马上！"姐姐也赶紧附和道。

"啊？！还要上课呀，我不上，我累。"朱湾懒懒地瘫在沙发上，试图反抗爸爸的安排。

"她不来算了，王硕！你快过来，古诗课堂马上开讲。"爸爸见朱湾没有兴致，换了个主意开始拉拢姐姐。

"好的，来啦！"姐姐也飞快地走过来，赶紧坐到了爸爸书桌的对面。

"朱湾，你不来听可是你的损失，我们就要开始上课了。"爸爸不死心，又朝着朱湾大声说。

朱湾本来正准备和姐姐一起做游戏，没想到这么快就被拆散了，只好从沙

熙云馆里映碧煮茶忙

## 画个不停

发上滚下来,自己在地毯上裹了个小被子仰面朝天地自娱自乐。

"好了,我们不管她了,开始吧!"妈妈假装催促爸爸,悄悄对朱湾展开了激将法。

"好吧,好吧,我也来上课。"朱湾见大家马上就要开始,自己玩也好没意思,终于按捺不住,从地毯上爬起来勉强走到桌子前和妈妈、姐姐并排坐下。

"朱湾,今天你来当课代表。"爸爸赶紧讨好似的给朱湾封了个头衔。

"同学们都到齐了,那么我们就开始上课,今天我们要学习的内容是古诗的写作,今天是第一课,大家要好好听。一般来说,古诗主要有绝句、律诗两大类,什么样的诗是绝句呢?绝句就是五个字或者七个字的四句古诗。我们今天先来学五言绝句。"爸爸清了清嗓子开始正式讲课。

"五言绝句怎么写呢?我先来举一个例子,比如大家都会背诵的唐代诗人王之涣的《登鹳雀楼》:

白日依山尽,黄河入海流。
欲穷千里目,更上一层楼。

这首诗就是一首典型的五言绝句,他用的是'仄起式'的方法来写的,为了更好地让我们体会作者的写法,有谁愿意读一下这首诗?"爸爸很会讲课,注意和同学们互动。

妈妈、姐姐和朱湾都迅速举起了手。

"朱湾,你来读一下,你的手举得最高。"爸爸老师幽默地说。

朱湾站起来非常有感情地读了一遍,读古诗是她喜欢的。

平时朱湾对古诗就很有兴趣,没事的时候自己也喜欢读一读,她们学校的上课铃是古诗广播,朱湾跟着广播不光学会了不少古诗词,还掌握了朗诵古诗的节奏和感觉。

"很好，朱湾同学读得不错，声情并茂，表扬一次。"爸爸做了个手势，示意朱湾坐下。

朱湾得到了表扬，得意扬扬地看了一眼妈妈和姐姐坐下了。

"下面我们来看一下这首诗，大家看'白日'都是仄声，'依山'是平声，'尽'又是仄声，这种以仄声开始的写法就是五言绝句里常用的写法，叫作'仄起式'，还有一种平声字开头的叫作'平起式'。简单来说，平声在现代汉语中就是一声和二声的字，仄声是三声和四声的字。这种绝句的写法有严格的格律，这里是格式，发给大家看一下。"爸爸一边讲一边把三份手写的格式发给妈妈、姐姐和朱湾。

看来，老师的古诗课备得很充分。

"还有一些字现在读是平声，但在古代是仄声，叫作入声字，因为我们写的是古诗，就要按照古音来处理。"爸爸又做了补充说明。

"那我们怎么知道哪些字是入声字呢？"姐姐开始发问。

"我们南方人的方言有好多是读入声的，举个例子，比如'白'这个字，就是入声字，在古代读'泊'，四声发音，这个等会作诗的时候碰见再具体教大家。以后多读古诗，写得多，就记住了。"爸爸解释道。

"大家回到刚才，看着手里的格式跟我一起读一下：

仄仄平平仄，平平仄仄平。
平平平仄仄，仄仄仄平平。"

"呵呵，好好玩，好像绕口令呀！"朱湾来了兴致，一边说着一边又大声地读了好几遍。

"这个格式其实就和数学公式一样，你们作诗前想好了主题，按照格律把内容往里套就行了，不合平仄的地方不断修改，这样就能作出好的古诗来。"

画个不停

满室沁书香

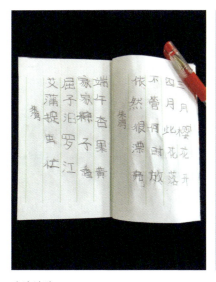

朱湾诗稿

朱湾的写诗本

"另外,古诗还有一个押韵的问题,比如《登鹳雀楼》里的第二句和第四句'流'和'楼'字是押'ou'韵的,我们写诗的时候也要注意,诗的第二句和第四句都要押韵,如果第一句的最后一个字也能押韵更好,实在不行也没关系。老师先讲这么多,大家都按照刚才纸上的格式来作一首五言绝句吧,诗的主题就是咱们家的东西。"爸爸说完就布置了作业。

夜晚的房间静悄悄的,妈妈、姐姐和朱湾齐刷刷地对着一张纸开始冥思苦想,作为老师的爸爸自己也埋头开始作诗。

"谁先作完谁先交卷。"过了一会儿爸爸老师又补充了一句。

"哎哟,我这个第一句的'海棠'不对,'棠'是平声,啊,不好了,这个第三句的'逐'也不对,还真不好写。"妈妈写了一会儿,对照着格式发现自己想得太简单了,居然有好多字都不合格律,调整了这个,那个又不对了。

"大把大把的错误。"爸爸打趣道。

"啊,我的'有'也错了,'多'也不对。"朱湾紧跟着也叫起来。

"是呀,我的也有好几个问题。"姐姐在一边惊呼。

一时间,叫错声此起彼伏。

"别着急,慢慢调整,有的可前后调整顺序,有的可以换意思相近的词。"爸爸看着三个忙作一团的学生安慰道。

"我刚开始学的时候也一样,不是这儿有问题,就是那里有问题,第一次只要平仄和押韵都对就好了。"

"另外我再给大家提供几个韵脚,比如乡和光,堂和长,庄和忙,扬和章,先和前,天和贤,烟和田,年和边,仙和颜等等都是押韵的,你们可以把自己要用的韵脚找出来,再进行联想。"爸爸老师又补充着教大家。

"这个不错,看着韵脚能多联想一些词,我要抄到笔记本上。"姐姐抢先表态。

"我也抄,我也抄。"朱湾见姐姐学习认真,也立马也抄起来。

画个不停

"老师,我觉得我写好了,我要交卷。"过了一会儿,朱湾率先举手,把卷子递到了爸爸手里。

"好,我看一下。

树外流春意,飞花鸟入茫。
倾听花落声,何处是家乡?"

爸爸拿着朱湾的古诗对着格式念起来。

"朱湾,不错,不错,写得很有意境,不过第三句的'声'是平声,不对,可以改成'影',是仄声,倾听花落影。茫和乡,韵也押得对,很好,很好,扣两分,可以得98分。"爸爸表扬朱湾。

"宝宝会作诗了,好棒!"爸爸又力捧朱湾。

"呵呵,呵,我是朱大诗人。"朱湾得意地拉长声音怪笑。

"我觉得我写得也好,好得不能再好了!"朱湾又补充,还站起身来乱扭,做出各种好笑的动作。

"下面我要为大家朗诵一首古诗《春乡》,作者,(现)朱湾。"朱湾拿起自己改好的第一首古诗,要朗诵给大家听。

"哈哈,还'现'朱湾,太搞笑了,'现'就不用写了。"妈妈在一旁大笑。

"不行,人家古人都写朝代,我也要写。"她还要严格按照古人的路数来了。

《春乡》,作者:(现)朱湾。

树外流春意,飞花鸟入茫。
倾听花落影,何处是家乡?"

朱湾声情并茂地朗诵自己作的古诗。

院子哩的海棠花开得正盛

"真不错，真不错，意境很好，朱湾学会作古诗了，太棒了！太棒啦！"妈妈真心觉得朱湾的语感不错，一连串地鼓励起来。

"鼓掌、鼓掌。"姐姐也配合着妈妈做出鼓掌的动作。

"我也交卷了。"妈妈仔细地对照格式检查了几遍自己的古诗，本以为万无一失了。

"你这个'微雨双棠中'，第一句最后一字就不对呀。"爸爸拿着妈妈的诗做出评价。

"啊，刚检查了好多遍呢。给我，给我，再看一下，把'中'改为'下'。"妈妈拿起笔迅速把自己的问题改正过来。

"注意，我念一下大家听啊。

细雨双棠下，丁香满院墙。
修篁随日长，切莫负春光。"

妈妈也把自己的诗公之于众。

"双棠是什么东西？"爸爸疑惑地问。

"这还用问？双棠就是咱家门口的两棵海棠树啊。"妈妈赶紧解释。

"好吧，也可以。"爸爸点点头说。

"丁香就是咱们院外的丁香花，修篁就是院里的竹子，这么多好东西，大家要出去欣赏啊，不要辜负了春天的美景。"妈妈解释着自己的新作。

"好吧，也不错，扣5分，得95吧。"爸爸老师又下了结论。

"我也好了，不过写得可能有点生硬。"姐姐谦虚地交了卷子。

斜阳林间照，繁花间绿杨。
炊烟飘若逝，映碧煮茶忙。

"仄仄平平仄，平平仄仄平。平平平仄仄，仄仄仄平平。你这头两个字就不对，而且内容有点硬凑的感觉，给你个92分吧，鼓励一下，等会儿再把前面两个字改一改。"爸爸给姐姐的诗也打出了分数。

"哈哈，不愧是理科生，思路清晰，语言贫瘠。"妈妈取笑姐姐。

"哎，我也觉得是，词用得不大好，还不如朱湾有感觉。"姐姐也觉得自愧不如。

"要不我们一人再作一首怎么样？这次是练习，下面一首才是创作。"妈妈见大家都有兴趣，趁势提议道。

"好啊，好啊！"朱湾和姐姐都兴致渐浓，欣喜于自己居然能写诗了。

三个人又对照着格式奋笔疾书起来。

"我写好了，这首更好！"还没刚过一会儿，朱湾又要举手交卷。

"你能不能慢点，仔细检查检查。"妈妈看着朱湾毛手毛脚、慌慌张张的样子说。

"不用慌、不用慌，没人跟你抢。"爸爸也发话了。

"仔细检查过了，肯定没问题。"朱湾拍着胸脯打包票。

"这首写的是'晨景'，爸爸你看。"朱湾说着把卷子硬塞到爸爸手中。

枫叶随风摆，絮儿过往忙。
海棠前院放，竹叶伴思乡。

这首诗平仄和韵脚倒是都对了，就是有点打油诗的意思。"爸爸笑呵呵地说。

"什么打油诗，我觉得好得很，你看咱们院子里的枫叶就是在随风摆，现在还有那么多柳絮，多忙呀！"朱湾振振有词地反驳。

"呵呵，朱湾，我怎么觉得你有点抄袭我的第一首，你看海棠、竹子都

画个不停

是。"妈妈跟朱湾开玩笑。

"嗨，这怎么能叫抄呢？咱家院子里就这么多东西，再说我跟你写得也不一样啊。"朱湾赶紧辩解。

"好吧，算你赢了！我的新诗也作好了，大家听听看。"妈妈拿起稿纸开始念。

独坐熙云馆，修篁逐日长。
小园花木笼，满室沁书香。

"怎么样？还不错吧？"妈妈笑着征求大家的意见。

"不错、不错，好诗啊好诗！"朱湾和姐姐整齐地尖声叫道。

"低调、低调。"妈妈摆了摆手说。

"你这个人，怎么能这样，明明是一群人，你却写'独坐'，把我们当什么了？"爸爸突然假装严肃地说。

"哈哈，哈哈！"大家都大笑起来，只剩下姐姐还在皱着眉头苦思。

"我这个第三句开头第一个字总是不对，怎么办呀？"姐姐苦恼地求助。

"在写绝句的时候，还有一个规律，就是一、三、五不论，二、四、六分明，第一句、第三句和第五句开头的一个字平、仄都可以，第二、第四和第六句要严格按照平仄规则不能随便动。"爸爸突然抛出这么个说法帮姐姐解了围。

"啊？！还有这么好的事，怎么不早说？"妈妈、姐姐和朱湾一起睁大了眼惊呼。

"哈哈，古诗里还有很多门道，今天大家进步很大，都学会了基本的作诗方法，尤其是朱湾同学，进步最大。今天就讲到这里，大家先洗脸睡觉，有些知识下节课再讲。"爸爸总结完宣布下课。

"大家都准备一个笔记本，把写好的诗抄下来收好，时间长了，就会积攒很多诗。就像我的诗稿一样,已经有十多本了。"爸爸又补充道。

"好耶,我最喜欢准备本子啦。"朱湾立即兴奋地拖着姐姐去书房里找本子了。

第二天上午,爸爸妈妈喊朱湾去超市逛逛,没想到朱湾和姐姐齐齐地坐在桌子前说:"我今天不去超市,我要和姐姐一块儿写诗,没时间。"

"好吧,好吧,你俩在家写诗吧,我和爸爸去买东西了。"妈妈说完,转身拿起钥匙和爸爸一起去超市了。

过了一阵子,妈妈在书房里找东西,突然哈哈大笑起来。

原来她翻到了朱湾的写诗本,本子的扉页上写着"朱湾诗目录",第二页还用几个斗大的字赫然写着"映碧牛诗",旁边还配了个古装人物的画像。

# 吴昌硕之死

"湾儿，妈妈今天晚上真是吃多了，吃太多了，要撑死了！谁让你点那么多东西又不好好吃！还得老妈帮你收拾残局。"妈妈一边抚摸着胀鼓鼓的胃一边跟朱湾唠叨着，两个人傻笑着从北语的东尼亚穆斯林餐厅走出来。

"你看你点的大馕，到现在还没吃完。"妈妈扬了扬手里还剩下的半块大馕冲着朱湾"埋怨"着。

"那你也没必要吃那么多吧？吃不掉就不吃呗。"朱湾不以为意地反对。

"你点那么多，也不能浪费啊，都是钱买的，粒粒皆辛苦啊，你知不知道？真是吃粮不当兵。"妈妈引用爸爸家乡的俗话教育朱湾。

"你吃那么多馕，等会儿再喝点水，到肚子里一泡，馕就慢慢变大了，你脑补一下，哈哈哈！"朱湾夸张地想象了一番，还不停地用手势比画着笑成一团。

这家伙，不仅不思悔改，居然还加倍嘲笑。

"哎哟，妈呀！别说了，妈妈今天要是撑死都怪你，这下子要像吴昌硕之死了——撑死啊！"妈妈继续跟朱湾说笑。

"什么？吴昌硕是撑死的？不会吧？你不是说他是个大画家吗？"这回轮到朱湾惊诧了。

"对呀，他当然是大画家啦，而且是近现代的超级大画家，连齐白石老爷

画个不停

爸爸妈妈专程带朱湾寻访齐白石的故居

## 吴昌硕之死

爷都偷偷学他呢。吴昌硕就是老的时候偷吃了两包麻酥糖撑死的,难道你觉得画家不能撑死吗?画家也是可以有各种死法的呀。"妈妈顺便跟朱湾普及。

"啊,两包糖也能撑死人啊?还是大画家,那也太不可思议了。"朱湾有点将信将疑。

"他死的那会儿八十多岁了,朋友送给他几包老家的酥糖,家里人知道他喜欢吃,当时怕他吃太多,就把糖给藏起来了,谁知道他夜里特别馋,起来偷吃,结果吃太多了,老年人消化不好就撑死了。"妈妈跟朱湾解释。

"可怕可怕!我觉得吃太多糖会齁死,没想到还能撑死人。"朱湾发表着自己的见解。

"我前几天还趁你不注意多吃了几块巧克力,不要紧吧?"朱湾紧接着有些担忧,有点后悔的样子。

"哈哈,你小孩子消化能力强,前几天吃的早消化没了。就是以后巧克力要少吃,吃多了会牙疼,得肥胖症。"妈妈打趣道。

"那就好,那就好,害我虚惊一场啊!"朱湾嘘了一口气,终于放下心来。

"吴昌硕可喜欢吃了,他就喜欢吃酒席,别人一请就去。他老的时候耳朵有点聋,自己给自己起名叫大聋,好多事情都听不到,但是别人一说'他好吃'他就能听见,还辩解。"妈妈跟朱湾讲起了吴昌硕的故事。

"那他老婆也不管他,他老婆漂亮吗?"朱湾发出疑问。

"他夫人比他去世得早,所以没人管,长得漂亮不漂亮我也不知道。"妈妈耸了耸肩。

"朱湾,你还记得咱们上次去安吉的吴昌硕故居吗?有好几年了。"妈妈询问朱湾,看看她还有没有印象。

"不记得呀,我们去过安吉吗?安吉是哪儿?"朱湾惊讶地说。

看来她是真没有印象了。

"你小时候,爸爸妈妈专门带你去过呀,那一次去了双林的费新我艺术馆、

# 画个不停

吴昌硕老爷爷

齐白石老爷爷

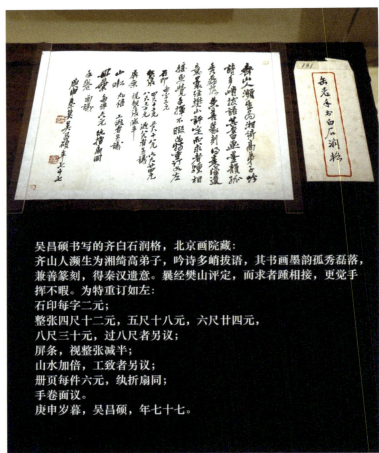

吴昌硕书写的齐白石润格,北京画院藏:
齐山人濒生为湘绮高弟子,吟诗多峭拔语,其书画墨韵孤秀磊落,兼善篆刻,得秦汉遗意。曩经樊山评定,而求者踵相接,更觉手挥不暇。为特重订如左:
石印每字二元;
整张四尺十二元,五尺十八元,六尺廿四元,八尺三十元,过八尺者另议;
屏条,视整张减半;
山水加倍,工致者另议;
册页每件六元,纨折扇同;
手卷面议。
庚申岁暮,吴昌硕,年七十七。

吴昌硕给齐白石写的润格

## 吴昌硕之死

南浔,还有安吉的吴昌硕故居,安吉是他的老家,那里有很多竹子,一座山上全是竹子,叫安吉竹海,当时还下雨,你打个伞在竹海看大黄牛,都不记得了?"妈妈耐心地提示朱湾。

"不怎么记得了,那么小的时候谁记得呀。"

"湘潭的齐白石故居我记得,我们住在长沙北辰酒店,那个酒店阳台上有个大秋千。齐白石家门口有个星斗塘,路上还有荷花。我和张若菲姐姐还去过北京的齐白石故居呢,就在南锣鼓巷边上。"朱湾带着炫耀的口气说。

爸爸妈妈带朱湾去过安吉的吴昌硕故居、梅州的林风眠故居和湘潭的齐白石故居,齐白石故居去得最晚,所以她印象比较深。

"那你刚才说齐白石学吴昌硕,都学了什么呀?"朱湾忽然想起了这个非常专业的问题。

"那学得多了,书法也学,画画也学,篆刻也学。齐白石原来可崇拜吴昌硕了,他还专门写过一首诗表示崇拜吴昌硕:

青藤雪个远凡胎,缶老衰年别有才。
我欲九泉为走狗,三家门下转轮来。

这首诗是什么意思呢?青藤就是明代的大画家徐渭,雪个就是清代的八大山人,以前跟你说的'清四僧'里的那个,你称为'大山'的那位。缶老就是指吴昌硕,吴昌硕收藏有好看的老罐子,古代的一种老罐子叫缶,所以吴昌硕又叫缶老、缶翁,齐白石说徐渭、八大山人、吴昌硕都不是一般的人,他们画得太好了,我很崇拜,愿意当他们的走狗,跟他们后面学习书画。"妈妈举出这首著名的诗给朱湾听。

"走狗,齐白石要当走狗?不是汉奸吧?"朱湾又表示惊讶。

"他是表示自己对这几个人的极度崇拜,愿意伺候他们,跟随他们学习,

朱湾在东尼亚餐厅前读书

## 吴昌硕之死

跟汉奸没有关系，齐白石最讨厌汉奸了，他晚年还专门贴告示说不跟日本人合作，给钱也不卖画给日本人呢。"妈妈赶紧跟朱湾解释诗里"走狗"的意思。

"那齐白石是怎么死的？"朱湾又联想到了刚才的话题。

"齐白石活的年纪可大了，按他自己的说法有一百多岁呢，应该就是算自然老死的。"妈妈说。

"那吴昌硕出生得早，还是齐白石出生得早啊？"朱湾又继续追问。

"那当然是吴昌硕早了，吴昌硕比齐白石大二十岁呢，所以齐白石崇拜他呢，当时吴昌硕已经名气很大了。齐白石当时还不算什么呢，齐白石还请吴昌硕写过润格呢。"妈妈接着解释。

"润格是什么东西？"朱湾又提出了新问题。

"润格就是卖画的价格，比如，一张画是两百元，还是五百元，就是作品的价格单。"

"那你和爸爸的书法和画有润格吗？"朱湾又问。

"当然有了，书画家的作品都有润格，但是关系好的亲人朋友也可以不按照润格付钱，作为礼物赠送，就像你跟同学送礼物也不收钱一样。"妈妈打了个比方让朱湾明白。

"那齐白石的润格高吗？"朱湾关切地问。

"还行吧，他活着的时候也不算太高，一般富点的人家都能买得起。现在可不一样了，他的作品有的一张都拍卖到几个亿了。"

"一张作品，就一张纸几个亿？"朱湾惊讶地张大了嘴巴。

"是啊，一张作品就几个亿，了不起吧？"妈妈说。

"那齐白石的老婆漂亮吗？"朱湾的思路转得有点太突然。

"他有好几个老婆呢。"妈妈说。

"啊？还好几个老婆？不犯法吗？现在不是不让娶姨太太了吗？"朱湾又大惊。

画个不停

朱湾在中央美术学院徐悲鸿雕像前

## 吴昌硕之死

"是啊,现在是不行,但他那是解放以前,以前的人可以娶几个老婆,而且小老婆还是大老婆给选的,当时他的大老婆在湖南老家,齐白石在北京卖画,没人照顾,大老婆就为他找了个小老婆照顾生活。"

"这也太不可思议了,大老婆还帮忙找小老婆。"朱湾表示没法理解。

"以前人和现在不一样,法律允许一个人同时娶几个夫人。"

"那徐寿康怎么样呢?他怎么死的?"朱湾忽然又想起来曾经在中央美院看到的徐悲鸿雕塑。

"你还知道徐寿康啊,挺牛的!不过他活的岁数可小了,才五十多岁就死了。"妈妈不无惋惜地说。

"啊,才五十多岁,怎么那么年轻啊?"

"徐悲鸿是中央美术学院的院长,工作比较忙,他又离婚了,要画好多画给他以前的夫人,还整天开会,太累了,而且年轻的时候在法国留学吃过不少苦,经常不能好好吃饭,后来开会的时候就突发疾病死了。不过他的老婆都很漂亮,一个叫蒋碧薇,一个叫廖静文。"

"妈妈,那你以后工作可不要太辛苦哦。"朱湾体贴地说。

"那徐悲鸿大还是齐白石大?"

"当然是齐白石大了,齐白石比徐悲鸿出生得早,但是齐白石活的时间长,死得比徐悲鸿还晚。徐悲鸿很尊敬齐白石呢,还聘请他到中央美院当教授。"

"哦,那我知道了,吴昌硕最大、齐白石第二、徐悲鸿年龄最小。"朱湾终于把几个人的年龄顺序给弄明白了。

"妈妈,你还撑得慌吗?"朱湾忽然很关切地问。

"哈哈,不撑了,给你说这么多,不光不撑,都快又饿了。"妈妈笑着说。

"那我就放心了,你应该不会像吴昌硕那么死了。"朱湾松了口气说。

"哈哈!暂时应该不会!"妈妈顿时笑弯了腰。

# 芃姐姐的毕业论文

"六一"后的一天,和芃姐姐一家在安定门附近的淮扬府聚餐,为两个大、小朋友庆祝迟来的儿童节。

朱湾从小就特别喜欢跟在比自己年龄大的姐姐后面玩儿。和芃姐姐认识了好久,平时跟着姐姐可是没少学本事。

芃姐姐喜欢艺术,写字、画画、弹琴、写歌词、做首饰样样都会。

朱湾以前跟姐姐玩的时候有时画画、写对联、刻印章,有时读书、闲聊、互相取笑,还一起做过耳环、项链呢,每次都忙得不亦乐乎。

芃姐姐的学习非常优秀,四年前从北大附中考入北师大中文系,大四的时候就被保送北大艺术系的研究生了。

吃饭的时候,两人照常笑闹,非常开心。

可是,吃饭结束临走的时候,姐姐突然送了朱湾一份十分特殊的"礼物"——她的本科毕业论文。

这份特殊的礼物是那么与众不同。质朴无华的绿色封面、标准规矩的宋体字,并没有像其他儿童书籍或者玩具、点心那样设计精美,却实实在在地让朱湾感到了新奇和意外。

虽然爸爸的案头也经常摆满了学生的毕业论文,但对那些论文朱湾似乎从来都不曾认真留意过,也不知道那些东西和自己有什么关系,更不知是作何用

芃姐姐的毕业论文

途的。

这次芃姐姐的论文却不同，一个曾经那么熟悉的人，突然拿出了一本毕业论文。这可是朱湾第一次近距离认真地"看论文"！

从饭店出来，朱湾小心翼翼地像拿着珍贵礼物似的把论文抱在怀里，刚一到家，就严肃地戴上装饰用的平光黑框眼镜，看起来像个资深博士似的大声宣布："妈妈，我要看论文啦！"说完就趴在床上拿起姐姐的论文认真地"读"了起来。

"妈妈，你别走来走去，打扰我看论文！"朱湾一本正经地制止妈妈。

"哦，好、好、好，不影响你，看吧，看吧。"妈妈忙不迭地答应着，一边停止了走路，强忍住笑在书桌前坐了下来。

"妈妈，姐姐的论文封面为什么写'本科毕业论文（设计）'，括弧里为什么要写'设计'两个字，设计什么呀？"

朱湾装模作样地拿着姐姐的论文，可是刚看到封面就有不懂的问题来了。

"姐姐读的是文学院，有的人要写论文，有的人是要做毕业设计，比如说有人学的是书籍设计，就要做一个毕业设计的作品出来，也要说明为什么要这么设计，设计的动机和目的是什么，等等。无论是写论文或者是做毕业设计，都用这一种标准封面。"妈妈在一旁当起了解说。

"妈妈当时读大学的时候就是研究传统手工艺的，做毕业设计为主，不过也要写论文。咱们家那一组贝壳漆器就是妈妈当时的毕业设计。"妈妈又是解说又是举例子，好让朱湾明白这个括弧里"设计"二字的意思。

"哇，妈妈你也写过论文？"朱湾平时把妈妈完全当作画家和家庭主妇看待，没想到妈妈也是写过论文的人呢，语气里顿时增加了一丝敬意。

"是啊，你以为妈妈就是天天给你做饭的，我读研究生时写的论文还很专业呢，题目是'论沈绍安与福州传统脱胎漆器'，当时老师都夸妈妈写得好呢。"妈妈得意地回想着往事。

和芃姐姐一起制作的耳夹

## 芃姐姐的毕业论文

"不过，一般毕业设计和毕业论文都有很密切的关系。"妈妈又接着解释。

对于一个五年级的小学生来说，抽象的研究目的、研究意义、研究动机之类的话怕是真的不太好懂。

"哦，知道了。"朱湾倒是轻描淡写地说，看样子似乎是听懂了。

"咦！芃姐姐论文写的题目是'清初四僧'，这个我知道耶！不就是上次爸爸和你在路上说的杏仁、昆虫、石头和大山那几个和尚吗？我还临摹过八大山人的画呢。"朱湾原以为姐姐的论文十分晦涩深奥，不想在这里却惊喜地发现了自己熟悉的内容。

"对呀，朱湾，不错啊！大学生的论文你都可以读了，'清初四僧'就是上次给你说的弘仁、髡残、石涛、八大山人那几个清代画画的和尚。"妈妈见朱湾还记得上次的知识，连忙大声夸赞。平时灌输的知识，的确是不知在什么时候就派上了用场。

"我要再接着看，妈妈，我觉得论文很好玩呢，我特别喜欢看。"能在严肃的学术论文里发现一点自己能懂得的知识，这让朱湾的兴趣和信心都大增起来。

"姐姐的论文题目是'试论清初四僧的题款艺术'，题款是什么意思你知道吗？"妈妈反过来问朱湾。

"不知道呀，题款是什么意思？"朱湾回答得干脆而毫不掩饰。

"题款就是在画好的画上题诗文，写名字，写日期。不过'题'和'款'在古代分别是两个意思，一般'题'就是在画上题诗，'款'是在画上面注明日期、写上姓名斋号、打上印章的这个部分。你看到的爸爸妈妈的完整作品上都有题款。"妈妈跟朱湾细细普及传统书画知识。

"哦，我知道了，我每次画完画或者写完书法爸爸都让我落上'朱湾，十岁写'。有时候还写上'戊戌年于映碧小馆'什么的。"朱湾反应很快，一下子就联想到了自己创作的情景。

## 画个不停

"太对啦！宝宝真棒！就是这个意思，题款就是落款。姐姐的这个论文研究的就是'四僧'怎么题款的。"妈妈表扬完朱湾又顺便引向姐姐的论文内容。

"那姐姐这个论文写的就是四僧的题款喽，里面全是说他们写的诗还有名字什么的？"朱湾兴致盎然地想深入了解下去。

能看懂姐姐的论文，还能和妈妈讨论专业，真是一件快活的事。

"那倒没这么简单，这本论文不全是研究题诗的内容，我刚才大概翻了一下，姐姐的论文讨论的主要是题款的形式问题，不是诗的内容，而是题款题在画面上的什么位置，是竖着题，还是横着题？怎么题款好看？这几个人题款都有什么共同规律？"妈妈继续充当解说。

"你要想细细了解，就自己再慢慢读下去吧，你不是觉得特别好看吗？"妈妈又补充了一句。

朱湾拿着姐姐的论文，窸窸窣窣地翻看着，颇像那么回事似的。

"这里面还有好多英文耶，写论文怎么还要英文呢？不是说写的是中国古代的人吗？"朱湾翻到其中一页又指着问妈妈。

"哦，那是英文摘要。你翻到它前面一页看一下，前面是中文摘要，后面一页就是英文翻译的那个摘要，内容是一样的。"妈妈指示朱湾翻到前面一页看看。

"摘要是什么东西？为什么要翻译成英文呢？"朱湾翻了翻论文又追着问。

"摘要就是简单概括地说一下这篇论文主要研究的内容、目的、方向和最主要的观点，大致就跟你们写作文的提纲是一个意思，让人看完摘要就知道这篇论文主要是研究什么的。翻译成英文是为了符合国际规范，外国人也可以看懂，方便世界各地的人检索，给后面再研究这个问题的人参考。"妈妈解释道。

"关于中国画题款的历史沿革，历代诸家说法不一。书法与绘画相比较，绘画的起源早于书法，原始人类就已经开始通过图像来表达某些含义，而汉字

在自己的小床上摆满书，准备查资料

则由图像演变而来……"

朱湾又磕磕巴巴地拿着姐姐的论文努力读了下去。

"妈妈，姐姐的论文里还有很多条形统计图和折线统计图呢，我们数学这个单元也正在学统计与概率，论文居然还要用统计图呀？"朱湾又疑惑又诧异地睁大了眼睛。

"是啊，统计学的方法在学术论文里也常常会被用到，为了证明某些观点，收集证据，给人以直观的感受。所以说你数学也要好好学啊，文学论文里也用得到数学，数学里也有文学，比如你在做数学应用题的时候，也要先仔细读懂题意。你有时候一些题目不会做，就是没有好好读题目，有的多读几遍，懂了意思，自然就会做了。"妈妈一不留神就絮絮叨叨地引申到朱湾的学习上去了。

"妈妈——"朱湾见妈妈话题偏离到她的数学学习上，就夸张地拉长声音大叫了一声。

"我这一单元学得挺好的。"朱湾赶紧又补充道，生怕妈妈继续数落她的数学问题。

"哇！这个后面还有一个大表格耶，1、2、3……，三十几页呢。"朱湾一张张地数了一遍。

"你不能用最后一页页码减去第一页表格开始的页码吗？还一张一张数，多傻的笨方法。"妈妈取笑朱湾。

"我想看看表格里都是什么内容。"朱湾红了脸赶忙辩解。

"哈哈！那个是附录，就是把要统计的信息放在一起进行列表式对比，看看每一张画题款的形式、字体、风格、面积大小具体有什么不同，对正文是一种补充。这个表格姐姐肯定花了不少工夫呢，要一张张画进行统计，这是一种科学、准确的研究方法。"妈妈翻了翻那三十多页密密麻麻的数据表格说。

"写论文可不是件容易的事！"妈妈接着又感慨。"你看爸爸的那些博士、硕士整天在写论文,还被老师骂。"

"妈妈,看完了!"朱湾把姐姐的论文从头翻到尾,大大咧咧地迅速下了结论。

"真牛!这么快,人家姐姐写这篇论文用了几年时间,你二十分钟就看完了,也太快了吧。"妈妈笑着说。

"真看完了呀,从第1页看到第66页!"朱湾大声强调。

"妈妈,为什么都说写论文难呢?我觉得根本不难呀?我长大了也要写论文。"朱湾忽然流露出初生牛犊不怕虎的神色,看样子很快要准备一试身手。

"嚯,口气够大呀!写论文当然不容易了,可不像你想的那么简单,要查资料,还要有自己的观点,要看很多书,得看很多作品才行,还要写出新意,跟别人有不同的见解,有人一篇论文写好多年。"妈妈为了说服朱湾,一口气道出了诸多写论文的不容易之处。

"你想想,你自己写篇五六百字的小作文都还那么费劲呢,要看好多范文,还经常文不对题。你改完妈妈改,妈妈改完老师改,都要好多遍,你说一篇论文几万字,有的还几十万字,哪有那么容易呢?"妈妈又补充说。

"可是我可以去查资料啊。"朱湾立即想到了新主意。

"不错,还知道查资料呢。可是查资料也不是个简单的事啊,有的东西你都不知道去哪里查呀。"妈妈肯定的同时又给出了新的难题。

"为什么不知道去哪里查呀?直接百度搜索不就行了吗?"朱湾很惊讶,以为自己可以依靠万能的百度。

"百度只是能搜点普通的问题,真正到研究深入的时候,百度也不知道啊,再说研究的多数问题都是百度不知道的东西啊,正是因为不知道才研究啊。很多资料都要自己去图书馆查古书,古书有很多很多。"妈妈反驳了朱湾的设想。

"那我就一本一本查呗。"朱湾似乎下定了决心。

"古书可是太多了,一本一本查能累死,就算是累死也查不完。"妈妈再次强调。

"那可怎么办呀?"朱湾一时竟没了主意。

"所以啊,平时要多读书,多留心,还要有方法,以后才知道从哪里可以查到资料啊。上次爸爸不是跟你做过一次游戏,讲到目录学的问题吗?如果把目录学学好了,对你以后写论文会有很大帮助,至少知道哪本书上可能会提到你想要的资料,还有一些工具书要学会用。"妈妈接着说。

"好吧,我得给芃姐姐发个微信。"朱湾懵懵懂懂地听了半天突然转移了话题。

"姐姐,刚刚读了你的毕业论文,深受启发!我以后长大了也要写论文!"朱湾迅速拿起手机,"嗖"的一声地给姐姐发出了一条语音微信。

## 贰

### 三人行

旅行,是对日常生活的补充。一次好的家庭旅行,不仅可以开阔视野、增长见识,还可以提升孩子对美的感知能力。旅行中的一草一木,一场意外的小遇见都可能对孩子产生小小的触动和启发。

艺术是一种长期的浸润,开放的、丰富多彩的生活方式对孩子更是一种无声的熏陶。

爸爸妈妈带着朱湾陆续走过了一些国家和地方,这便是我们家的"三人行"。

朱湾出生于上海,一岁时在清华园度过,刚会走路时到过妈妈的老家徐州,两岁多时和爸爸单位的同事一起到河南焦作的云台山,算是一次正式旅行。

这么些年,爸爸妈妈和朱湾一起到过日本的东京、箱根、富士山、镰仓和伊豆,韩国的首尔、水原,印尼的巴厘岛,泰国的曼谷、金三角、芭提雅,到过香港、台湾,还到过太原、西安、广州、深圳、潮州、珠海、扬州、长沙、湘潭、梅州、龙岩、安吉、南浔、南昌、景德镇、山海关、秦皇岛、昆明、大理、丽江等地方,每到一处,都免不了寻幽访古,参观博物馆,与艺术圈的朋友相聚。

三人行的几篇游记里，都是她去过、见过的地方。

虽然在有的游记里并没有突出描写朱湾的一言一行，但在这些旅行中见过的人和经历的事，都将在她的艺术世界里潜移默化，为她带来创作的素材和灵感。

寒假前又去了一次日本，回来的时候，就要过年。

朱湾默默地在桌子前折了好多漂亮的纸鹤，还画了一批旅行途中的大朋友、小朋友，画面一改往昔。

# 发呆、拜神与艺术

巴厘岛是印度尼西亚的一个小岛,典型的热带海岛型气候,没有冷的概念,最多只是凉爽。

我们去的时候正是中国的旧历年底。那儿进入了雨季,碧蓝如洗的高空,明晃晃的阳光不必说了,算是热带海岛的基本配置。

高大碧绿的热带树木蓬蓬勃勃,真叫一个绿呀!绿到一棵树上没有一点杂色,似乎全部是新长出来的,却又是那样的高大。随处都有怒放的鲜花,大树也开花,五彩缤纷的,令人目不暇接。

时不时地来一场清爽凉雨,有时会出现在夜间。

早晨推开房门,大朵的白云以及海边特有的、清新的雨后微风令人心旷神怡。

大海、沙滩、热带树木、度假酒店构成了我们对巴厘岛的最初印象。

巴厘岛人长期生活在海边,多数黑黑瘦瘦的。他们笃信宗教,而且对各路神仙都很尊崇,树有树神,海有海神,几乎每个东西都可以有自己的神。

在巴厘岛你可以见神就拜,也可以随意选择自己的信仰,路边不同体系的寺庙并列建在一起能相安无事,可谓诸神欢喜,从这点来说,巴厘岛人的宽容随意也是有相当的艺术感的。

巴厘岛人对宗教非常虔诚,认为人生最重要的事情就是拜神。

画个不停

巴厘岛

## 发呆、拜神与艺术

当地妇女起床后的第一件事情就是去拜神，因为各路神仙很多，所以一天要拜好多次。

在路边随便走走，每隔不远就可以看到一堆堆的供品，还有装饰着彩带的树，那都是拜神用的。供品多是些当季的鲜花和热带水果，并不是特别讲究，也许要的只是这份拜神的心情，不必过于在乎具体形式。

据说不少年轻的上班族要拿出收入的三分之一来买供品，这是一笔不小的开支，但是他们心甘情愿。在巴厘岛人的心目中，神是多么的重要啊！

在巴厘岛，除了拜神，最重要的事情当数发呆。

热带海边的人似乎都比较懒散，或许是可以靠海吃海，热带的植物又一年不停地结果子，稻子一年可以轻轻松松收获三季，饿怕是饿不着的。

也或许是大海的深不可测、变幻无常让人没有太多的安定感，过多的物质并没有多大意义。

先抛开这些不说，仅巴厘岛那么宜人的气候，不发呆似乎也有点辜负上帝的赐予。

巴厘岛人是很会享受生活的，女主人去拜神，男主人早上起床后不着急去上班，要先发一会儿呆才开始洗漱、吃早饭，然后再去做其他事情，业余时间他们喜欢斗鸡、弹琴、跳舞，生活惬意。

巴厘岛的饭食很简单，没有什么特别的烹饪技术，所有的做法几乎就是一种：油炸！树上的帝王蕉扔到油锅里一炸是最常见的吃食。

吃肯定是没有发呆重要的，一天之计在于发呆。

确切地说，巴厘岛几乎每个院子和每个度假酒店都会在最漂亮的地方建一些草亭子或木亭子，并不避讳，名字也好玩儿，就大大方方地叫作"发呆亭"。

我们入住的酒店也有两个漂亮的发呆亭，亭子都是用结实的原木做成的，造型和制作都很精致，刷成红棕色。边上是一大丛油绿油绿的芭蕉树，每天一阵雨后叶子都被洗刷得更嫩、更绿。硕大修长的叶子上面滚着一颗颗晶莹的小水珠，用手一碰，便轻盈地跳跃滑落下来，就如一个个亮晶晶的小水精灵的舞蹈，极活泼地，可爱又有趣。

芭蕉树附近还有一些其他不知名的硕大的热带植物，也是绿极了的，又有盛开的鸡蛋花树，大朵大朵地开着，飘散着淡淡的香气。

亭子下面是柔软的细嫩绿草，间隔地铺着几块长方形的砖头，可以走出草地。

再往西看就是一片高大疏朗的椰子林，再过去就是沙滩，直通大海。

朱湾和我们都很喜欢那两个发呆亭。

三人每天都会在亭子里发会儿呆，从容不迫地，连朱湾在那样的空旷舒适的环境里都变得安静了不少，头上戴着娇艳清香的粉黄色的鸡蛋花，静静地看书赏花。要不就是细细地观察边上的大理石雕塑，摸摸它的鼻子，看看它的耳朵，头抵头地亲一亲，很温柔的样子。

坐在发呆亭里，享用着触目皆是的新绿，看着不远处洁白柔软的沙滩和微茫缥缈的大海，什么也不用做，什么也不用想，没有任何尘世的烦扰，这便是发呆亭的意义了吧。

我回来后对发呆亭念念不忘，还专门为此创作了一张四尺对开的竖式作品，取名《异域·巴厘岛印象》，收进了最新出版的画集里。

因着巴厘岛的万种风情和各种绮丽景物，世人又给它起了不少可爱的别称，诸如"神明之岛""罗曼斯岛""绮丽之岛""天堂之岛"，还有"魔幻之岛""花之岛"等。

除了这些之外，巴厘岛还有一个美称："艺术岛"。

巴厘岛是一个充满艺术气息的岛屿。这里的人能歌、善舞，会雕刻。

一个地方有没有艺术感，那是一个整体的气质，无关贫富，也不是开几个文艺范儿的小店就能营造出来的。

说巴厘岛能产生艺术，我觉得倒是极为正常的。

发呆、拜神与艺术

巴厘岛的墙边木雕

巴厘岛的猫艺术品特别多,这是朱湾挑选的一组小猫猫

乌布街边的艺术画廊

## 发呆、拜神与艺术

巴厘岛人虔诚地信仰宗教，懒懒地发呆、享受生活，对物质没有那么多功利心态，这些都是产生艺术的重要条件。

当然，还有一个重要原因，就是相传第一批来巴厘岛的人中有一位爪哇的王子，他来的时候带来了大批的僧侣、诗人、歌唱家、雕刻家。所以说今天的巴厘岛人多数是艺术家的后裔，他们有正宗的艺术基因。

无论是在巴厘岛的乡间，还是在闹市，处处都能感受到艺术的气息。

在乡间，大片的梯田，间或有些高高的椰子树装饰点缀，偶尔有个村庄。没有高房子，原木的建筑，有些古意的神龛，配搭着高大的热带植物，处处用鲜花来装饰，经过雨季的冲刷后角落里长满斑驳的苔藓，一切都是那样自然。

巴厘岛人喜欢用木制品、陶制品、竹编和石器这些天然材料制成的器物，也保持着基本原始的制作方法。

我们走在路边，常常可以看到生产陶器、木器的作坊，一些陶罐散放在路边的大树下，天然地散发着质朴的味道。

巴厘岛有个乌布皇宫，名气很大。

乌布皇宫始建于 16 世纪，是个大型建筑群，共有 60 间房，整座宫殿坐落在一个院子里，十分静谧，红色建筑外墙上的深灰色砖雕很有味道，豪放而不失精致的手工雕刻植物纹样装饰着整个建筑，密密匝匝的，黑绿色的青苔遍布其上，更增添了古老静谧的感觉。

出得乌布皇宫，边上就是著名的传统艺术市场——乌布艺术（UBUD）市场。

市场的规模很大，也很热闹，一家店铺挨着一家店铺，有当地人开的，也有来自世界各地喜爱巴厘岛艺术的人开的，多是经营当地的艺术品以及有艺术感的日用品，也有专门的画廊。

乌布艺术市场的人流量很大，店主善良友好。可以随便看、随便挑。店主不能说中文，会简单的英文，用计算器打出价格，砍价多了达不成交易也不伤

发呆亭

感情，一笑了之。

当地使用的钱币是印尼盾，人民币的汇率很高，感觉数目是相当大，其实没有多少钱。

乌布艺术市场经营的艺术品主要是竹木制品、陶瓷和装饰画。乌布的木制品种类很多，有各种各样的圆雕、浮雕，圆雕巨大，多表现生殖崇拜。

我们认为巴厘岛的半浮雕最为出色，多用于建筑物的局部装饰。

半浮雕中人物造型极佳，多成组表现。有的表现日常劳作，有的在拜神，有的是传统仪式。女人们穿着传统服装，眼睛都画了黑黑的眼线，有那么点像埃及壁画中人物的眼睛，又没有那么夸张，装饰不显华丽，整体灰色调的，感觉质朴、平和。色彩多取灰石绿色和暗黄色、暗枣红等颜色，衣服上有一些碎花的装饰，别致生动。

也有些动物浮雕，类似中国传统老鼠嫁女的题材，造型夸张，但不像人物那么有地域特色。

乌布艺术市场的装饰画也很多，大大小小，种类多样，小的可以做杯盘的垫子，大的有几米长。装饰画的热带风格十分明显，颜色明亮艳丽，多描绘当地妇女形象、热带高大的植物、盛开的鸡蛋花、彩色的热带大鸟等，明晃晃的，使人眼花缭乱。

说起来巴厘岛对世界绘画艺术亦是有大影响的，仅举一例便可说明问题，著名印象派大师高更就是吸收了巴厘岛的原始艺术才形成了那样举世瞩目的画风。

砖雕主要是各种人和动物形象，也有些植物藤蔓，刀法比较简单，可能是砖头不宜细刻，在店铺门口长期风吹雨淋，有的长了青苔，都有些旧气了。也有的堆在店铺的楼梯上，满满当当的。

这些手工的艺术品每个都不同，有手工制品特有的温情和活力。

我们后来在乌布市场挑了两块木雕，都是人物造型的，一组在拜神，一组

画个不停

和妈妈在巴厘岛的海边

妈妈买的几何
条纹小猫

妈妈的作品《巴厘岛印象》

爸爸从巴厘岛背回的大猫,每天在书桌边站岗

## 发呆、拜神与艺术

在劳动,回来后放在家里的壁炉架上,古朴有味。

巴厘岛产一种据说世界最好的咖啡:"猫屎咖啡",是当地野猫吃了一种山果后拉的屎做成的,香味特别,说起来感觉有点恶心,但是非常珍贵,欧洲人特别喜欢。"猫屎咖啡"为巴厘岛挣了不少外汇。

朱湾对猫屎咖啡印象极为深刻,回来后到处跟小伙伴宣扬。

巴厘岛人爱猫,有好多猫木雕,有站立的,有跑着的,有睡觉的,有些做得很具象古老,有些又抽象简洁,有的被涂上几何纹样,有的又被加上亮亮的金粉,配上亮紫色、金色等色彩,特别时尚。

有一天我们在海边的一个小超市里发现了很多品种的猫雕塑,这也是巴厘岛有艺术感的地方,连生活超市都在卖艺术品。

我选了一个巴掌大的圆雕小花猫,尾巴特别夸张,长长的,有力地往上伸着,可以随意取下来,身上装饰成一条一条的黑白几何纹理,白的部分又不是太白,有点微微发黄,神秘而有点野性。

爸爸选了一条深棕褐色的站立的半浮雕大猫,大概七八十厘米高,耳朵尖尖的,四个爪子是白的,双目看起来炯炯有神,似乎还发点幽绿的光,两条弯弯的眉毛。店员用报纸给包好并拴上绳子。他一路抱着、背着,同行的朋友谁见了谁问,都觉得很惊讶,后来又跟了一路飞机来到北京,如今这个大猫仍在我们家的客厅里天天站岗。

朱湾最喜欢小东西,她挑了一组颜色极亮的小猫,有亮蓝、亮紫、金色等颜色,装在纸盒里,造型时尚,脖子上还系了细小的铃铛,更显小巧精致。

还有一组有点拙拙的,颜色也鲜亮,没有加金粉,每个都圆头圆脑,很可爱。

# 瓷都行

## 景德画瓷

到南昌参加朋友的书法展后,被安排到景德镇画瓷。

从南昌出发继续向南,经庐山,约两个小时车程,即到景德镇。

一路上的风景不好也不坏,天色略有些青灰,远望是成片的丘陵,间或又有些大小不一的湖面。路边上不时能看到铁锈红的潮湿的土坡裸露在外,应该是黏土,似乎并不大适合庄稼生长。周边的绿色不算少,但又能感觉得出,此地的土壤并不很肥沃。

景德镇原本是个镇,现在是地级市。城市不大,却自古极负盛名。很早就被翻译成英文"China",在外国人心中代表着"中国"之意。

目前来看,这个城市的交通规划和市容与它的盛名可以说完全不符,简直让人讶异,用"一塌糊涂"或者"乱七八糟"来形容应不为过。

又或许,我们去得不是时候?

我不是有意要贬低景德镇的。

整个城市坐落在一片瓦砾堆中,鲜有一块能走的地方,真不知是正在修路还是多少年来一直在修路。我们和几个朋友在车上被颠得"抑扬顿挫",小湾儿却很高兴,一路跟着颠簸发出清脆惊喜的呼叫声,躺在爸爸妈妈身上,享受

瓷都行

景德镇的古窑

正在晾晒的陶坯

"人床"的快乐。

糟糕的市容似乎并不影响景德镇作为瓷都的地位,这里的瓷行业开发得真是淋漓尽致!所到之处几乎都是瓷作坊、瓷器店和瓷打包、瓷运输等行业。

宾馆餐厅的装饰不是瓷器就是瓷画,绝少其他材料。大街小巷包括居民区也是瓷铺林立,即便是地摊小贩,也多是卖瓷器的。

景德镇的瓷器产业链长期以来已相当成熟,生产、创作、销售、运输一体化。国内外来购瓷或来进行瓷艺创作的人也络绎不绝,在这里能看到的老外明显要比江西的省会南昌要多得多。

景德镇的古窑民俗博览区很值得看一看。

到达博览区要先经过一座沧桑的老石牌坊,古朴的灰色,和杭州的西泠印社门头有点相仿佛,是我们喜欢的样子。

再经过一条有几千米的幽僻曲折的小山路,路两边有小山,山上遍植翠竹杂树,和城市顿时隔成为两个天地。及至门口,又忽然一片平旷、豁然开朗,很有些突然进入桃花源的感觉。

博览区布局陈设亦好,有古树、老藤、丛竹、古建筑和一大片湖水。沿着湖边漫步,朱湾蹦蹦跶跶地跟着大家,东看看,西看看。到处可以看到各种瓷的装饰,有碎瓷片铺成的墙、路,瓷的桌子、凳子、窗户、雕塑以及放在外面装饰用的瓷瓶、瓷罐等。

"妈妈,那个小路也是瓷的,好漂亮!"

"是啊,这是以前碎掉的瓷器片,就拿来铺路了,又好看又不浪费。"妈妈说。

"啊,那个窗户也是瓷做的。"

"那个树林里的桌子也是瓷做的,我要去坐坐。"

这里真是瓷的天下!

朱湾开了眼,说起来,这次看到的瓷制品比她从出生到现在看到过的瓷器都要多上好多倍。

博览区里还集中了明清时期不同形制的代表性民间古窑七八座，是从景德镇不同地方搬迁过来的，有馒头窑、葫芦窑和龙窑等，根据形状和功用命名，可以清晰方便地了解到不同时期古窑的发展变化和瓷器的烧制过程。

"妈妈，那个窑真的和葫芦一模一样呢。"

"是啊，那个就是葫芦窑，就是模仿葫芦的造型设计的。"

"妈妈，那个是什么窑？"

"看不出来呀，像个小土堆，你先去看看介绍吧？回来告诉我们。"

妈妈有点走不动，安排朱湾先去考察研究。

"妈妈，那个就是前面指示上写的馒头窑。"朱湾一路小跑看完说明后回来报告。

"哦，难怪呢，你这么一说是像个馒头，不错啊，小湾儿自己会看说明了。"

爸爸妈妈继续坐在瓷亭子里赏幽。

"爸爸、妈妈，那个窑里有好多人，我们去看看吧？"

爸爸妈妈又被朱湾拉着一路马不停蹄地参观。

又发现了不少秘密。

不少古窑到现在也还在使用。不过，上面介绍说一年仅在重大节日才开窑两次，巧的是，正好被我们赶上了，烧窑的师傅壮壮黑黑的，脖子上挂着毛巾，桌上放着粗瓷碗盛着的大碗茶，他们正在烧窑。

古窑现在更重要的是象征意义。当年的一窑可以烧制出千万件大小瓷器呢。遥想当年，这里供应了全国不知道多少的日常用瓷呢。

古代宫廷御瓷也多出自景德镇。

爸爸说他在清华大学做博士后的时候曾研究过一阵子清代宫廷工艺，清宫造办处著名的工艺大师唐英就曾在这里住了二十多年为皇家监制做瓷，还有大著传世呢。

　　博览区里从做泥、拉坯、利坯、定型、晾干到绘瓷、烧制等各种工序都有老手艺人现场表演，他们的动作极其娴熟利落，几秒钟就可以做出一只极薄胎的碗坯，把我们都看呆了。

　　现场也有一些晾干的小型陶坯供游人体验画瓷，人人都可以感受瓷艺的魅力。

　　"妈妈，我们也试试好不好？"朱湾看别人画瓷立马心动，手也痒痒起来。

　　"等下我们要去更好的地方画，这些都是普通的。"

　　不必多说，来景德镇当然是要画瓷的。

　　接待我们的朋友是当地的陶艺家，他带我们到了当地一家最大的瓷板生产作坊画瓷，这个作坊可以生产出数米长的大瓷板，在国内外都处于领先水平，同时也可以生产大型瓷器。

　　我们画的是釉下青花。

　　釉下青花是在土坯上创作，工人先把器形做好，晾干到一定程度才可以选用。选好的土坯在画前还要再略微处理，才能画，颜料是专门用于画瓷的青花釉，根据调水多少可以表现浓淡不同的层次。

　　坯面很涩，画起来也比纸上吸水更多更快，不太流畅，要耐心地体会多遍才能掌握基本方法，画瓷首先是个技术活，很需要经验。

　　立体瓷的绘制难度更大，脑中要有整体的设计，还要考虑到从不同角度观看的效果，或者直接拿铅笔打草稿再用釉料画，胎体不能磕碰，要脚踏转盘来回转动。而且并不是什么画都能照搬上来，有很多画画上去并不好看，甚至可以说是画蛇添足，弄不好反而破坏了器形本身的美，现场就有很多反面教材。

　　画好后要再经过晾干、上釉等多道工序才能入窑烧制，在烧制过程中铅笔草稿会自然消失，釉料经过高温还会产生很多其他变化，刚开始接触的画家不

瓷都行

朱湾在景德镇专心致志地画瓷

朱湾在景德镇画的小瓷碗

朱湾画的树笔筒

朱湾画的鱼笔筒

知道画的颜料最后出来会是什么效果，有时候要看运气。

妈妈选了一个大盘子和一只高瓶作画，大盘的底部较平，正像个池塘的样子，因势画了荷塘泛舟。深蓝色的荷花和红色的荷花搭配。高瓶的颈部空间优美，画了一圈佛像做装饰。

朱湾最喜欢动手，玩得十分开心，穿着个小围裙，认认真真地坐在一群艺术家中间，很有范儿。她先画了五个一组的小茶碗，有的是在碗外面作画，有的则内外皆作装饰，有小猫、小鱼图案，这可能和她以前画过很多瓷猫有一定的关系，用笔很肯定，有把握的样子。烧好后红色和蓝色错落对比，非常有趣。

小孩子思维活跃，没有条条框框，反而比大人自如得多。

画完小碗还不过瘾，又在一个笔筒上作了群鱼图，鱼的造型极其简洁，很有装饰味，烧好后可以用来放她的毛笔。

在瓷上可以作画，当然也可以写书法。

古朴整饬的篆隶比较适合创作在瓷器上，有块面的效果。行草书过于飘逸，一般不太好看，写得过于平均也容易显得俗气。

爸爸写了瓷板、磁盘，还有几个大瓷瓶，书法操作起来比画快，十分尽兴。

画瓷还有多种方法，也有烧好后再画、画好再烧的釉上彩，颜料可以更丰富，表现力更强，还可以辅以多种技法。

画瓷是一门古老又现代的艺术门类，技法、经验和天意都很重要。

过了好一阵，朋友才把烧好的瓷器寄到北京。打开无数层包裹之后才得见真容，大的器型不是太好烧，有的不太均匀，有的烧坏了，完美的并不算多。

经过全家一致评定：朱湾画的瓷最好，又小巧又可爱，还能喝茶、装笔，摆在家里不占地儿。

## 乐淘景德镇

画完瓷器,朋友安排在景德镇逛逛。

景德镇有个陶瓷大学,其陶艺专业在全国专业院校中很有影响。妈妈在上大学之前就早有耳闻,她还有很多同学在这个学校上学,也有做老师的。

陶瓷大学附近有条陶艺街很有意思,叫了一个很拗口的外国名字,说了几遍也没有记住。去时是晚间,也是正在修路,几乎不能走。但路两边的店都设计得很有品位,时尚、简约,吸引着我们不断看下去。

据说这边的店很多是陶瓷大学的老师还有毕业的学生开的,有几百家,每个店面积都不是太大,二三十平方米的样子,门头、招牌和橱窗展示都很用心,有现代精品意识,店里陈设和所售陶艺作品也特别有文艺范儿。

这些陶艺作品一般体积不太大,多是具有原创性的小茶具、小罐花瓶和小首饰之类的,很多是柴烧的,具有唯一性,价格也不怎么贵。

大家逛得很开心,不顾路难走,兴奋地看了一家又一家。

其实,陶艺的现代应用是传统手工艺门类中发展最好的,依然可以大量地走进人们的现代生活。传统漆工艺、木工艺等均不可与之同日而语。

当然,其中也有一些瓷器,手绘了繁复的工笔画,功夫费了很多,作者又号称什么工艺大师,价格高昂,看起来俗气得很,但也有人喜欢,觉得细腻。真是萝卜青菜,各有所爱。

看到那样的瓷器,朱湾就悄悄地拉住妈妈的手小声说:"真俗气!"

"嘘!"妈妈做了个噤声的手势,悄悄地跟她说:"你知道就行了,不要让别人听见,坏了老板生意。"

"哦!知道了!"朱湾缩了缩脖子,有点儿不好意思。

别看她年纪小,却已有了很强的美丑辨别能力。

陶艺街的路边又自发形成了很多摆地摊的,在凹凸不平的路面上,铺上一

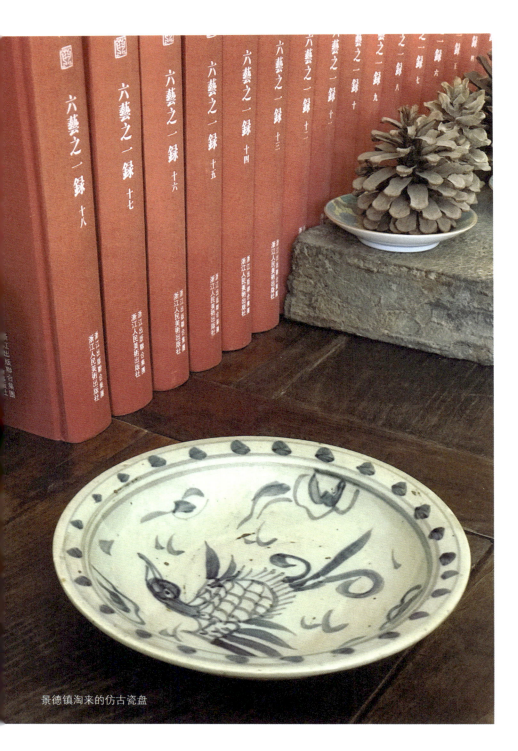

景德镇淘来的仿古瓷盘

块布，放上几个碗、几个小容器、一堆小挂链。晚上看，地摊和路旁店铺连成一大片。夜深了摊主和顾客都不愿离去，场面蔚为壮观。

看看这个，又看看那个，朱湾还真淘了不少小东西，有深色青花的小马、嫩绿晶莹的小豌豆，还有一堆小挂件，每个都很可爱，说是回去送给要好的小朋友。

第二天，朋友说如果想看看古典的陶瓷，在老城还有一个大市场可逛。

这个大市场是在小巷子里的老街，里面有挤挤挨挨数不清的瓷器店，地上也是在修路。

外墙不知是在大修还是粉刷，使得本来就狭窄的巷子上又堆满了用于维修的毛竹、钢筋、水泥、沙子、砖头、瓦块等，一线天似的灰色空中黑色电缆缠绕密布，店门口还有胡乱停放的摩托车、电瓶车、自行车，又有头发花白的老人挑着满担子的瓷器颤颤巍巍地走过，直看得人心惊又无处落脚。

这里每家店铺经营的几乎都是仿古陶瓷，仿各个时期的古。

每个店铺里堆放的也是一层摞一层的，从屋里堆到门外，几乎没法挑出来单看，店主人倒是本事大，你要看的他都能拿出来，令人心生佩服。有的店主把瓷坯套在木棍上，又有的瓷器大概是在水里做旧的，上面满布着螺蛳和虫子，味道也是又腥又臭，摆在店门口，样子很恶心。朱湾看了大叫："密集恐惧！"吓得捂上眼睛只能从手指缝隙里看路。还有的不知用什么药水涂抹，气味更不堪闻。又要捂眼睛，又要捂鼻子，好一阵忙活。

还有的店里好多人挤在一起打牌玩乐，对周边环境毫不以为意。又有些中外乐淘客在耐心地埋头淘货，完全不顾臭气和脏乱，真是惊喜与刺激并存。

"爸爸，你别乱动人家东西。"

"没动，我就看一下。"

"妈妈，你慢点走，这边有东西。"

朱湾很紧张，又生怕爸爸妈妈搞出乱子。

景德镇淘来的绿罐子，插上了长长的莲蓬枝、干杏花和爸爸写的扇子

朱湾的青花小马

瓷都行

　　爸爸妈妈挑中了两件仿古的小盘子，里面是手绘的类似凤凰的纹样，线条很流畅，价格也不贵，回家可以做摆设。

　　"快走吧，别买了。"朱湾不断制止爸爸妈妈的行动。

　　"好，好，就这两个，走了，走了。"爸爸妈妈齐声回应。

　　仿古市场的对面还有个三四层楼的现代陶瓷城，空间甚大，顾客却寥寥。我们也匆匆逛过，挑了一个黑色简洁的茶叶罐和一个绿色的花罐，也不枉来一趟。

# 滇游漫记

## 一

乡贤汪曾祺散文写得好，散淡而有滋味。

他的散文有很大一部分是写昆明的。无论是昆明的花木、蔬果还是风土、人情、气候都有专门的文章，写首都北京、家乡高邮或者其他地方的风物，也常常和昆明作对比。

汪曾祺年轻时在西南联大读书，前后生活七年，对昆明有很深的感情。他的各种散文集我们读了不少遍，自然地生出对昆明的无限向往来。

和朋友相约，两家六口一起到云南过春节，第一站就是昆明。

从长水机场到老市区的君乐酒店，四十来分钟，一路看下来，市区建设似乎比较普通，没有太多的现代建筑，甚至比国内其他省会城市显得落后。也许是将要过年的原因，路上的行人也不多。

在昆明的两天，住在翠湖边。

汪曾祺在文章里多次提到翠湖，且有名篇《翠湖心影》。翠湖离西南联大不远，他当年经常来这里泡茶馆。

现如今环湖有不少高档宾馆、餐厅、咖啡馆、服饰店，都掩映在高大浓密的老树下。翠湖入门的牌坊上有副对子，很有意思："春风十里青豆角，一湾

滇游漫记

翠湖大片大片的红嘴鸥

和爸爸妈妈在云南大学

秋水白荄牙"，还没有看到比昆明人这样更热爱生活的地方呢。

翠湖水面平静，中有小岛和亭台，一条弯曲的小径横穿湖面，把翠湖分成两个区域，感觉有点像朱湾刚出生时我们在上海家边上的长风公园。路边垂柳依依，鲜花盛开，最多的是红茶花，郁金香也开得正是时候。

要说翠湖最有特色的，就是里面有成千上万的红嘴鸥，密密麻麻，蔚为壮观。这些红嘴鸥来自寒冷的西伯利亚，它们到温暖的昆明过冬。

每天一早，翠湖的一圈和堤上站得满满的都是喂海鸥的大人和孩子。红嘴鸥一点也不怕人，把面包和饼干放在手中，它们便一掠而下啄了食物飞走。有的在水中来回游动，抢食人们扔下去的面包和饲料。有时喂鸥人一声吆喝，群鸥片片飞起，在空中好一阵盘旋。

朱湾和大成从未见过这么多的红嘴鸥，喜欢得不得了，她做喜欢的事又特别喜欢重复，站在那里喂了又喂，丝毫不知疲倦，买了好多袋面包还不肯离开，并且要求第二天一大早还要去喂。

夜晚的翠湖渐渐平静下来，灯光次第亮起，少了些喧嚣，多了份从容和精致。湖边游人渐少，几个玩乐器的人还在，昆明人是喜欢音乐的。

沿着翠湖过西仓坡，再拐几个小弯就可以走到西南联大的旧址。

联大旧址现在云南师范大学校内，特地保存了原来的图书馆、纪念碑和部分校舍，老图书馆是著名建筑学家梁思成、林徽因伉俪设计的。校园里有一块纪念碑上专门记录了那个时期在此任教的所有教授名录，如中文系的朱自清、罗常培、胡适、王力、浦江清、唐兰，外文系的吴宓、钱锺书、朱光潜，历史系的钱穆、陈寅恪、傅斯年、张荫麟，哲学系的汤用彤、冯友兰等先生，个个都是如雷贯耳的大家。

在那样一个充满战争的纷乱时期，条件艰苦，能有如此多的学人聚在一起为研究学术而努力，真是太不容易了！

旧址还有蒋梦麟、梅贻琦等几位校长和闻一多先生的铜像，供后学瞻仰凭

西南联大的老校门

一筐筐的小人参果

吊。我们给朱湾一一讲解并拍照留影，也不管这样的游历是否能给她留下深刻的印象。

汪曾祺文章中也多次写到这里教授们有趣的故事，读后让人感慨那段烽火岁月中读书人的乐观与坚韧。

昆明人对闻一多先生的纪念很多，路上的宣传栏有不少关于他的图片和资料。

以前只知道他是个诗人、文学家和革命家，却不曾想他的画也画得那样好。我们看了他一批山水的速写，用的是西洋画法，技法非常娴熟，又能虚实相生，洋溢出中国山水画的味道和诗情。闻一多的文学课上得好，有激情，讲唐人诗、古文，常常有个人见解，不拘小节，当年吸引了不少学子来听。闻一多还会刻印，水平虽不算特别高明，但是量也不少，曾出过印谱，烽火年代在昆明一带还卖过印，真是多才多艺的爱国文士。

昆明的大学非常集中，除了农业大学在市区东北部植物园附近，其他几所都挨在一起。

云南大学离师大也不远，离翠湖更近。环境优美，建筑特色鲜明。

从正门进来有三层高高的暗黑光滑的青石台阶，每层有几十阶，非常壮观。

拾阶而上是云大标志性的大礼堂，柔和的红墙镶了白边装饰，在高大绿树的映衬下更显端庄洋气。据说，大礼堂是一位留学法国和比利时的建筑专家设计的，抗战期间三次遭到轰炸却纹丝不动。大礼堂后面有一幢老式的红色教学楼，似乎在诉说着这个学校的光辉历史。

另外一个边门处有一幢典雅的黄色两层小楼，是老校长熊庆来和李广田两位教育家的旧居，地方不大，却也有几分文气。

云大的树木繁多，即便是冬天也绿树成荫，红艳艳的山茶花在这样的冬天也怒放着，想来春天百花竞放更是热闹。

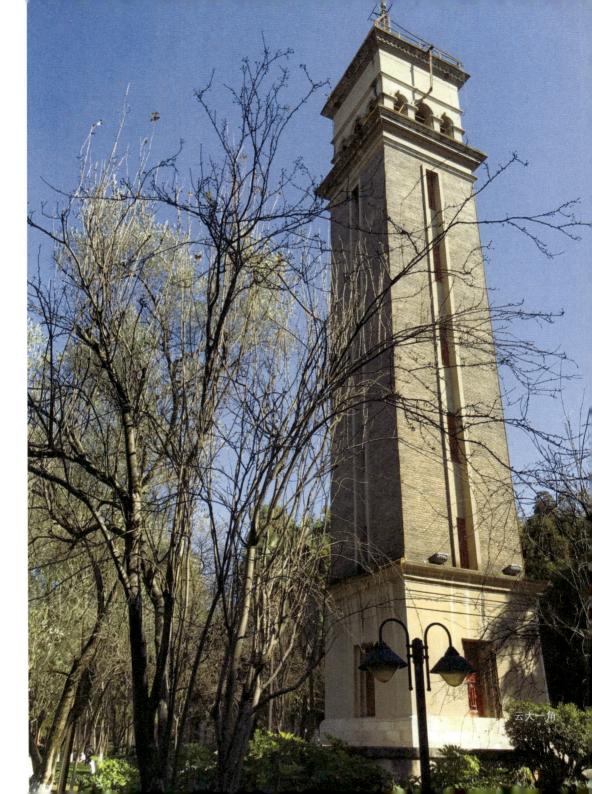

云大一角

云南大学的老建筑

## 滇游漫记

昆明又叫春城，气候的确温暖，每天都能看见蓝天白云。尽管是冬天，每天气温也在六七摄氏度到十六七摄氏度，不冷也不热。大街上穿羽绒服的有，穿短袖短裤的也有，一切随自己感受。

昆明是个慢城。

路上行人慢，车也慢，没有北京、上海的忙碌和喧闹。我们待了一天，仿佛也成了这儿的主人，没有过客的行色匆匆，安闲又自在。

昆明的吃食有特色。

米线最为常见，有凉拌米线、过桥米线和小锅米线。

过桥米线和小锅米线有各种汤底，其中有一种是豆腐乳的汤底，在外地没见过。

竹里馆的凉拌米线分量很足，满满的一大盘子，佐有鸡肉丝、胡萝卜丝、莴苣丝、豆腐干丝、香菜沫，最后浇上酸甜醋和一大勺辣椒油，酸甜可口，尤其清爽，和一般城市的云南菜馆做的蛮不是一回事。朱湾和大成都特别喜欢吃，坐在幽静的竹林里每次能吃上几小碗。看过汪曾祺的文章，知道昆明有一种特别的酸甜醋，是别的地方没有的，想必凉拌米线就是放了这种醋。

昆明的炒菜多放韭菜叶、辣椒油提鲜香，不像川、湘菜那样辣。凉拌菜喜欢用薄荷叶，味道清凉。还有几种蔬菜外地不常见，比如版纳甜菜、临沧辣木菜、凉拌刺五加都是第一次尝，味道有点异样。

在翠湖边的云南菜品鉴馆熙楼吃了一顿正宗的鸡汤米线，点了58元的那种，分量极足，一次下了三碗米线进去，配了各种小菜，四五个人都没吃完。还有98元一份的，应该量更多。出来时在饭店门口看到两个大白布袋子，上面用黑色老宋体字印着"三年老火腿"，难道火腿也越老越好吗？不可思议。

本以为昆明水果应该多样而便宜，看下来其实没有多少很特别的种类。

昆明的水果按公斤卖，乍一听还挺吓人，价格其实和北京差不多。

在路边看到一筐一筐的小人参果，5块钱一斤，倒是便宜又新鲜。

人参果长得很好看，比枇杷略小，颜色也是比枇杷略淡一点的橘黄，圆圆的，上面长着类似西瓜的紫色花纹。吃起来很甜，水足。还有略大一些的白色品种，顶上尖尖的，也叫人参果，在北京的大超市里能看到。

汪曾祺盛赞昆明的糖炒栗子好，在云大门口恰好有一家刘氏老字号，用糖水慢火炒的。店里的栗子都不太大，但很结实饱满，老远就能闻到香味。我们买了一点坐在云大的草坪上吃，确实又粉又甜，两个孩子哄抢着。

在云大的北门边，有一家精致的小书店，忘了叫什么名字。里面有很多文艺类书籍和文创产品。朱湾和大成都买了很多笔和本子，在云大校园里的石凳上写写画画，消磨了整整一个下午。

## 二

坐火车从昆明到大理，一路车沿山行。

窗外有层层的梯田和大片大片的油菜花。

正值旱季，山上的树木有些是枯的，有些是暗灰的绿色，看得出赭红的山石。间或有一些宽阔明亮的水面和当地白墙灰瓦的民居掠过。

两个带孩子的家庭集体旅行，在我们还是第一次。

朱湾和大成不时惊喜地把头抵在车窗玻璃上看风景，互相指给对方看自己中意的地方，然后大肆点评一番，忽然又联想起什么其他好玩的事情，连比带画地，激动得不得了，然后诡异地偷偷笑成一团。

他们手里拿着纸和笔，一会儿停下来漫不经心地写写画画，说是在速写，一会儿又对视着做出奇怪的表情，不知道胡编了什么好玩的故事。孩子在一起总是能激发无穷的想象和创造力。

值得一提的是我们乘坐的这趟 K9682 次火车。

这趟车是我们看时间偶然选择的，从昆明到丽江，全车都是双层软卧，不

白族民居

大理的客栈

设坐票。中途经楚雄、广通、大理几地，这些熟悉的地名常常在汪曾祺的文章中读到。车里专门腾出了第一节车厢用于休闲观景，配有转椅、音乐、电视、茶室、吧台，竟然还有钢琴，十分舒适。

车子开得慢慢悠悠，走走停停，但这样的情形并不让人觉得厌烦，对于像我们这样的旅行客来说反而多了闲适从容之感。

四个多小时后才到大理。

说实话，大理的地理位置是真好，背靠苍山，面朝洱海。

来到大理才知道，洱海不是海，只是一片大湖，水域十分开阔，因为形状像个耳朵，故有此名。几个人站在洱海边的石头上极目远眺，很有些"东临碣石，以观沧海"的意思。

冬天的洱海静美，环海而行，有时可看到几棵或一小片枯树林，几只静泊着的漆了蓝色油漆的斑驳铁皮尖头小船。尤其在日落时分的傍晚，远山如黛，天色渐暗，更增加了庄重静穆的气氛。

早晨日出时的洱海则又有另一番味道。

我们散坐在客栈阳台的摇椅上，放眼望去，山水一时变得轻盈起来，三五艘小渔舟飘荡其上，徐徐而行。太阳缓缓升起，远处的山水又连成绯红的一片，在蓝天白云的映衬下，发出耀眼的光芒。

每一眼的观望，都幻化作一幅美丽的作品。

住在双廊观洱海是很方便的。

双廊是大理的一个古镇，整个镇子环洱海而建，每户人家几乎都可以看到洱海。近几年来双廊名气很大，开了很多家客栈，每家布置得都有特色，极具个性化。

林语堂在《生活的艺术》中说："要享受悠闲的生活只要有一种艺术家的性情，在一种全然悠闲的情绪中，去消遣一个闲暇无事的下午。"在双廊就可以做到这样的闲暇，找一家心仪的客栈，赏花、观海，看日出日落，任时光慢慢流淌。

滇游漫记

暮色中的洱海

阳光下的洱海

在客栈晚间的露台上,仰头可看见满天的星星和皎洁的月光。

朱湾容易触景生情,马上给我们熟练地背起清代诗人查慎行《舟夜书所见》中描写的意境来:

月黑见鱼灯,孤光一点萤。
微微风簇浪,散作满河星。

此情此景,真是无比贴切。

双廊人喜欢种花。

门口大小巷子里种了各种各样的花,最好的是雏菊,叶子绿得发黑,湿润润的,开得极密而有精神,在其他地方不曾见过有这样好的。玉几桥边上有一株三角梅,长得极好,浓密的绿叶,配上那明媚的紫罗蓝色花瓣,纯正而鲜亮。一想到北京还是萧瑟的冬季,在双廊却能看到这么暖心的花儿,真有一种说不出的幸福感。这种三角梅,街头不少,生命力很强,有的长在旧旧的老屋门口,别有一番韵致。

双廊古镇不算大,只有几个小岛。

这里的建筑特色以白族风格为主。白族人的房子多为白墙,吸收了江南一带建筑素雅的调子。少数民族人又特别喜欢装饰,大房子门头木雕工艺繁杂,反反复复的有十几层,老宅子经岁月洗礼后色彩融为一体。有的在房门上、墙上用黑色画了不少长方形、椭圆形,把花卉、山水画在里面,有的还写上了书法。把绘画移到墙壁上,说不上好看。有的画看得出来,技术相当熟练,但明显有一股匠气,反不如几何纹样的装饰好看。

我们一行在阳光下且走且评,朱湾和大成也不断发表自己的意见,有的说这个好看,有的说那个好看,有时意见统一,有时又争执不休。

这里的一些老年人仍然穿着民族服饰,背着背篓,感觉与世隔绝,自在桃花源中。

大理的水果不少。

在双廊水果摊上看到稀罕的有蛇皮果、酸角、人参果，还有甜瓜、柑橘，感觉很新鲜。卖的时候下面都衬着碧绿的叶子，对比相当强烈，令人馋涎欲滴。

甘蔗汁是当季的，蔗叶常常还是绿的，现买现做，甘洌爽口，是大家一致喜欢的。

石榴汁也好喝，酸甜清新，用手工小榨汁机慢慢摇出来。

还有一种紫色的胡萝卜，比普通的胡萝卜要细瘦，常常泡在清水里卖，味道甜脆清口，没有普通胡萝卜的那种怪味。朱湾从小就不喜欢胡萝卜，固执地不愿意尝试，我们认为这是她的损失。汪曾祺在文章中曾说，西南联大的女生特别爱吃胡萝卜，大概说的就是这种水果胡萝卜吧。

大理手工艺相当发达，最著名的是周城的扎染和鹤庆新华古村的银器制作。

扎染是染织工艺中重要的一种，昔日在南艺读书时，多次看过染织专业的同学做简单的扎染。

周城的扎染规模很大，但仍然是纯手工的工艺。

带朱湾一起细细了解了具体制作情况：一块白布要完全染好，大致要经过手工绘稿、描摹、扎孔、用染料印制、手工扎花、褪色、去浆、漂白、染色、漂洗、晒干、拆线、晾干、碾平、绣字，足足十七道程序！手工扎花的前后各占近一半的时间，染料是纯天然的板蓝根，染、漂、晒三步也要重复做二十遍以上。

这种手工制作是非常繁复的，多数年轻人宁肯出去打工，也不愿做。

用染好后的布制作的工艺品，有床单、桌布、茶席、扇子以及各种包包和服饰。

朱湾看到这些手工制作的工艺品，很是喜欢，还目睹了在大染缸里手工制

滇游漫记

熙云馆专用印制茶匙,后边的柄上有爸爸亲手刻的"熙云馆"字样

作染料的全部过程，并且自己上手调了一缸颜料。

大理到丽江途中有个鹤庆新华村，村民专门以制作银器为生，我们在那里住了一晚。

这个村子泉水很多，每家每户都有泉水池，不停地向外冒出山泉，泉水清澈，可以直接饮用。每家门口外都有一座不到一米宽的小桥往外排水，泉水绕村而行，很有味道，被称为"银都水乡"。朱湾诗兴大发，扬声吟出宋人杨万里"泉眼无声惜细流"的句子。

村子里的"寸"是大姓，这个姓比较少见，很古老。

云南曲靖有早期书法史上著名的《爨宝子》《爨龙颜》两碑，清代被扬州人阮元发现。"寸"这个音应是由"爨"音讹变过来的。

"爨"字这么复杂，朱湾居然说她早就认识，还会写，这源于她曾经去北京郊外的古村爨底下写生的经历。看来，小朋友的任何经历都会对她的知识结构产生不期然的影响。

新华村并不产银子，只是传统的加工工艺十分精湛。

这个村子里的人家大多数都做银器，有传统的首饰、茶具等日用品，也有少数人家兼做铜器和铁器，每家独立设计、制作，花样繁多。西藏地区用的银制品基本都产自这里。

新华村的银制品规模宏大，生产、批发、销售一体化。大年初一每家都打开店门做生意，真正是小锤敲过一千年。

我们在村子里闲逛，看中了一个纯银的茶勺，有长长的深褐色木质手柄，柄头还有银包首，精致典雅，正是我们想象的样子，立马订制了一件。爸爸借用了店家的小电钻在顶头的银包首上用行书刻上了我们的书房名——熙云馆，这是他第一次用电钻写书法，朱湾和大成都把小脑袋紧紧地凑上前来看。

大理好水多，著名的蝴蝶泉是代表。

明代江阴的徐霞客最早在他的游记中记载过这个地方，后来慢慢为人们所

# 滇游漫记

专做银器的新华村

知道。蝴蝶泉水深七米多，清澈见底，太阳折射后呈现纯净的石绿颜色，如同上等翡翠。

奇怪的是，每年天热的时候，都有很多五彩斑斓的蝴蝶在泉水上面翩翩起舞，久久不散，所以人们起了这个名字。蝴蝶是爱情的象征，蝴蝶泉也吸引了不少谈情说爱的年轻人。这里流传着一个叫金花和阿鹏的爱情故事，很早的时候还被拍成电影呢。

朱湾和大成都喜欢水，玩得久久不肯离去。

到大理必游大理古城。

大理古城和其他旅游城市规划不同，它和新城完全不在同一个地方。现在的州府所在地是下关，离古城十多公里，我们以为这种规划很有道理，既不影响古城保护，也不耽误现代城市的建设。

古城就在苍山脚下。

城里各种各样的商店鳞次栉比，人流量极大。有本地的少数民族，有外来的追梦人，吟游歌手。有各种各样的创意小摊，也有不少大品牌，多元文化在这里碰撞并和谐共存。夜幕下的大理更加热闹。古老的大理隐约在苍山脚下，散发出神秘诱人的气息，很像古典武侠小说中描写的场景。

朱湾和大成在大理的夜市逛得流连忘返，都收获颇丰，夜深了也不肯回去睡觉。

大理有山有海，吃的东西既有山珍，也有鱼虾海菜。

当地菜口味比较重，偏酸辣。烧菜放很多调味料，几乎所有菜都放一堆辣椒。

洱海鱼用辣椒酱和青蒜苗腌制，有的红烧，有的炭烤，很入味。朱湾平时不爱吃鱼，却对红烧洱海鱼情有独钟，一次就吃了好多，也顾不上嫌辣了。

大理有一种奶制品，乳扇，是把牛奶凝结的皮用油炸了加白糖吃，有的在里面包了豆沙，吃起来有点儿油和腥气，一次不能吃多。

蝴蝶泉水深七米多,清澈见底,太阳折射后发出纯净的石绿颜色,如同上等翡翠

在大理洱海

　　还有一种东西更奇怪，叫"生皮"，是把猪皮用火烤得半生，上面黑的毛孔还清晰可见。当地人蘸辣椒酱或者椒盐吃，觉得特别嫩而香。大理人说几天不吃生皮就会想得慌，外地人却不大习惯。

　　朱湾和大成看着这个怪东西，做出各种令人忍俊不禁的表情。

　　大理下面的古城喜洲有一种发面点心，叫"喜洲粑粑"，有甜、咸两种口味，是用木炭火上支了大平锅煎出来的，咸的加了葱蒜花椒粉，有点类似于北方的发面大葱油饼。甜的里面是玫瑰花酱做的馅，切成几块，热乎乎的，好吃。

　　我们还误打误撞在大理古城的百年老店梅子井吃了一顿晚饭。

　　梅子井店在古城的一个小巷子里，是个幽深的大院子，因一株古梅和一口老井而著名。

　　正是大年三十，选择了一间正堂就餐。院内古树繁茂，叠石错落，有大户人家的气象。正堂上方挂有一红色锦帘，一派喜气祥和的节日气氛。

　　堂内有一副很长的老对子，似乎能体现原来主人的品位：读书取正，读易取变，读骚取幽，读庄取达，读汉文取坚，最有味卷中岁月；与菊同野，与梅同疏,与莲同洁,与兰同芳,与海棠同艳,定自称花里神仙。

夜晚,院中的老梅和老井在灯光和月色的映衬下,越发显得古幽。

## 三

这几年,关于丽江的争议不可谓不大。正面的、负面的评价都不少。

其实,说的人越多,就越增加了它的名气。

在大理、鹤庆时,有好几个朋友都说,丽江不怎么好玩儿,就是个北京南锣鼓巷的放大版,简单看看就行了。当然也没说出什么具体的原因。

难道是虚名?

朱湾说,我就喜欢南锣鼓巷那样的地方。

好吧!耳闻不如目睹,还是实地去看看吧,盛名之下必有缘由。

到了丽江,才觉得名不虚传。丽江的新城没有什么看头,说的自然是古城。古城规模不算太大,但很有特点。

丽江的海拔比大理明显要高,城里都有两千多米,往山上走更高。有些人会有点高原反应。

由于海拔高,阳光比大理更加强烈。洁净湛蓝的天空中飘移着大片大片的白云,从早上一直到晚上,天天如此。走在街上感觉天低低的,一直低到屋顶上,低到人眼前,仿佛云能直接飘到屋子里似的,也仿佛伸手就可以摘到似的。

我们在一家小店二楼的露台上吃了一碗鸭血粉丝汤,坐在四面开阔的木楼上,可以看到天空、白云和远方的屋顶浑然交织在一起。朱湾吃完后趴在栏杆边上,手悠闲地甩来甩去,说是要抓白云。

阳光那样亮,真的分不出上下前后,丽江是能称得上"天空之城"的。

丽江的古城在山上,依山形而建,高低错落,很有层次,和中国画中聚散

丽江的天空

夜幕下的丽江

转承的手法类似。

若站在高处，就能轻易地看到层层叠叠的灰瓦屋顶和涌动的人流。若站在低处往上看，又能看到拾阶而上的楼梯和蜿蜒古老的小巷子。

古城里全是大块的老石板铺成的路，走的人多了，地上便有了厚厚的包浆。石板很干净，没有灰尘，幽幽地闪着含蓄的光泽。老石板不是那么平整，有点小小的崎岖，适合慢慢地遛弯，反而增加了逛街的情致和趣味。

街边的小桥、房子也都是老的。若往巷子深处走，又有各种各样大大小小的客栈，门口的布置也各有特色，多用原木做成艺术品，在幽暗的灯光下透露出新奇和活力，吸引人走进去一探究竟。整个古城全是山路，没有现代的交通工具，这更增加了丽江舒缓的意味。

我们住的客栈在最繁华的四方街对面的山上，一个叫科贡坊的小巷子里。这个小巷子在清代道光年间就有了，因一姓杨的人家中了三个举人而著称。

科贡坊流传至今，见证了纳西族人和汉民族文化上的交融。

沿科贡坊巷口而上，走过一些并不宽阔的石阶，下午的阳光斜斜地照进古朴的老巷里，真正是一米阳光！

我们的客栈在第二家的左手边。店门口挂着一只暗色的古铜驼铃，下面拴着质朴的牛皮吊绳。老旧的木门上有手工刻出的一对门神，刀工朴素，色彩古艳，全无流俗的匠气。

优秀的民间美术那种鲜活的生命力可以更快地直抵人心，大俗大雅的格调让人不能不爱。朱湾对这对门神很有兴趣，看了又看，后来竟成了她创作的灵感，作了不少关于门神的作品，这些是后话。

客栈的院子是个完整的木质四方院，全部用碧绿藤条自然长成楼帘垂下，和周围的灰砖、木梯、青瓦、石阶浑然天成。

我们住在二楼，可以边品茶，边眺望丽江古城的全貌，享受着头上的朵朵白云。

画个不停

从丽江淘来的老驼铃

客栈老门上的门神

朱湾画的门神

朱湾听着故事画门神　　　　　　　　朱湾印的门神

客栈主人是一对来自大连的年轻夫妇,男主人学建筑出身,很好地保留了老宅院的味道。

他们用当地买的一艘老木船,分成三段装饰了整个院子。女主人身段修长,平时负责打理客栈,不忙的时候就和客人一起聊天喝茶,很亲切。

我们以为,丽江最好的当数绕城的泉水。

沿着整个古城,无论走到哪里,都被水流包围着。

哪怕在最喧闹的四方街,门脸房后面,都有一条不窄的小河经过,水声淙淙,一下子就能让人安静下来。

丽江的泉水清新透亮,古城因为地势高低错落,白天可看到白亮的水流急急地沿石阶而下,水流声消失在川流不息的人群中。到了傍晚,则更有韵致。

绕过喧闹的市肆,稍往外走几步,便可在一个个石桥边聆听泠泠的泉水声。看着一个个以水来命名的客栈中闲散的住客,全然没有什么烦恼和心事,这大概是大家都来这里度假的原因吧。

  沿着曲曲折折的石板桥走着，柔和的风吹起，夜色迟迟不来，天上还有一些绯红的晚霞和客栈次第亮起的迷离的灯光。我们一面走，一面又有些水阔天空之想了。

  漫步在清凉的暮色中，耳边不时传来悠扬的葫芦丝声和有节奏的纳西族鼓声，竟有些疑心是否回到唐人张若虚笔下的春江花月夜了。

  孩子们在前面絮絮叨叨地聊着开心的事，不时哈哈笑作一团。我们几个大人漫无目的地左看看右看看，且享受着这份从容的闲暇吧。

  第二天，起个大早离开丽江的时候，整个古城还在沉睡。

  路灯下，我们一行长短不一的影子和着走在石板路上寂寞的脚步声。远方一片静谧的青黛色又是另外一番味道了。

  丽江是古老的，又是现代的。

  丽江是喧闹的，又是清静的。

  这是个值得流连的地方，虽然我们仅仅待了一天，而且是在有些寒意的冬天。

  现在所写的这些，只是作为远方旅人行色匆匆的印象罢了。

# 东京漫步

  我们这次到东京，除了爸爸和加藤教授一起办展览的东京学艺大学之外，还分别参观了东京大学、皇居、东京中国文化中心、银座、浅草等地。

  东京大学是日本最好的大学之一。校园环境优美，古木参天，建筑倒是洋式的，很有欧洲风味。校园里几棵特别漂亮的柠檬树，翠绿的叶子中间结满了硕大金黄的柠檬，仿佛装饰画。图书馆前面有一个小湖，冬天水不多，有几只鸭子在优哉游哉地游弋。

  我们去的时候正巧下雨，天气阴冷阴冷的。东京的冬天不像北京，室内也没有暖气。

  朱湾一点儿不怕冷，也不愿意打伞，她最喜欢微雨中在大学校园里漫步。这一点爱好，可能和我们长期居住的环境有关。搬过好多次家，每次都是住在大学附近或者校园里。这样的场景对她来说，可能感觉非常的熟悉和安全。

  朱湾是个浪漫、有想象力的小孩，特别喜欢雨天，她常说她的理想就是以后在上海或者广州的老弄堂里买一栋老房子，书房的窗户边放一张书桌，对着外面。外面下着雨，她坐在书桌前读书或者写文章，职业最好是作家，还可以给自己的书画插图。

  大学校园安静、优美又有活力，还有人文气息，这是我们最喜欢的。

  在东京大学里溜达着，一不小心都快走出学校了。原来，学校没有围墙。

东京漫步

主校门是一座朱砂红色为主体的日式建筑，并不高大，但是很宽阔，掩映在古老的绿树下，文雅而庄严。

特意去参观了学校的食堂，很大的一个空间，里面非常明亮干净，有很多木头的椅子。不是吃饭时间，里面也有很多学生，有的在埋头学习，有的在悠闲地喝咖啡，感觉和图书馆的气氛更像。

东京大学的食堂是出了名的好。尤其是在食堂里买的冰淇淋，美味无比，至今令朱湾难忘。

皇居是日本皇室居住的地方。

日本的政治生态比较奇特，既有首相，也有天皇。现在的天皇主要是象征性的国家元首，并没有太多实权，多是出席一些礼仪性的活动。皇居的一边有护城河，前面是巨大的绿色草坪，种植了大片的松林，游人可以近距离参观，但是只有特定的日子才可以进到里面。朋友介绍说，皇室的人被养在里面，自由是有限的，不能像普通人那样随便。皇室里的人多很喜欢艺术，用来优雅地打发时间。

东京中国文化中心就在皇居的大草坪对面，是一栋简洁、现代的新式建筑，门口也掩映在一株高大的绿树下面。这是中国政府派驻的境外文化机构，目的是在日本推广和传播中国文化，增进两国人民之间的相互了解，促进和深化中国与日本的文化交流与合作。里面经常举行和中国文化相关的展览、演出、讲座等文化交流活动。我们去时，正好有一个关于中国戏剧的展览，展览形式包括图片、视频、服装、脸谱等。

这里也是在日华人经常碰头聚会的地方。

银座是日本最繁华的商业街。街道两边商场林立，世界各大品牌云集，寸土寸金，尤其是到了晚上，霓虹闪烁，简直就是购物者的天堂。

朱湾对银座这种商业中心没有什么感觉，只是觉得夜景很好看。

浅草和银座就不同了，是个特别适合小孩闲逛的好去处。

## 东京漫步

浅草一带有很多小店铺，出售各种日本风格的小玩意儿，小铃铛、小挂饰、漂亮的浴衣、稀奇的小工艺品，还有各种小吃，简直琳琅满目，应有尽有。

很多外地游客换上鲜艳的和服，穿上木屐，迈着小碎步走在街上。

朱湾特别喜欢这里，每家店铺都欣喜地逛着，觉得这个也好看，那个也好看。买了这个，又想要那个，爸爸妈妈不住地跟在后面付钱。

这里有一点很好，就是小玩意儿质量很好，又有设计感，全是明码标价、童叟无欺，一概不还价。即使你买了再小的东西，哪怕是一个小钥匙扣，店员都十分客气，仔仔细细地用好看的和纸给包好，双手交给顾客，不住地鞠躬致谢。

妈妈和朱湾都看中了一件粉绿的浴衣，上面装饰着瑞鹤、和扇子、梅花等纹样，十分漂亮，买下后当即穿在身上。爸爸也买了一套灰赭色的浴衣，和我们配套。

朱湾又在一家扇子店配上了一把深蓝色的和扇子。穿着浴衣、手持扇子的朱湾像一个当地小女孩一样走在街上。

东京最大的美术用品商店协和贸易以及文房用品店山口文林堂，我们这次也专门去逛了。

协和贸易有两层大楼，卖的全是书画家用的东西。

以前我们在北京也看过一些日本的笔墨纸砚，这次在协和贸易对他们的书画用品有了新的了解，看到了各种精致的纸张、画框、印章、扇子、器皿等。

日本有专门卖单字的印，类似元朱文，很便宜，这在日本是个实用品，现在的日本人在邮局收发邮件、银行存取款时还都用印章。据说有很多华人篆刻家开始到日本就刻这类印章谋生，一晚可刻上百方，眼睛都要刻瞎了。

日本还有一种磨墨机，夹上墨条，自动磨墨，以前日本朋友也送给过我们，但我们很少用，还是喜欢自己磨墨。爸爸买到一个蚕豆型的绿色水滴，造型别致，清新中透出古雅，不大，可拿在手里把玩不已。

画个不停

东京大学

东京大学的赤门

东京大学的柠檬树

朱湾作品：爸爸在东京大学

朱湾在爸爸和加藤泰弘教授举办联合展览的学艺大学展厅

东京漫步

我选了很多别致的纸和一个和式相框。新的纸张或许可以产生新的绘画风格，尝试不同的艺术材料也是艺术创新的方法之一。

朱湾对店里的各种东西都感兴趣，忙着看这看那，几乎不知道要挑什么好。最后选了很多和式折纸和各种各样的笔。折纸小巧精美，简直舍不得用。

山口文林堂的社长热情地邀请我们去参观他的店，他是加藤教授的学生。爸爸和加藤教授这次展览的画框就是请他做的。他在店里准备了抹茶和点心招待我们。

文林堂是离学艺大学最近的美术用品店，店里的东西虽不如协和贸易多，但非常实用，纸张和图书品种也多。

爸爸还在这里淘到一册原器钤打的《秦汉初古印聚》，共四册，有印章钤红，有封泥复制，点画精到，制作考究，国内很少见到这么好的印谱，价格也不算贵。他说这算是这次东京之行淘到最好的东西了。

在东京除了逛得好，还有就是吃得好了。

日本美食以生鱼片和面条最为有名。

我们在东京除了尝到著名的生鱼片、日本拉面和乌冬面外，最值得一提的是吃河豚。

爸爸的家乡也是吃河豚的，但现在吃的一般是家养的，多红烧。日本的河豚据说是野生的，吃法可真是精细！把本来就不大的野生河豚的不同部位分别拆开，先凉拌，再白煮，再煎炸，再红烧，再涮火锅，一道一道地用不同的容器上来，不同的吃法配上不同的佐料，慢慢品味。

饭后，还要配个冰淇淋。

凉拌河豚皮加几滴柠檬，口感特别清爽，好吃得很，我们以为这是河豚最好的吃法，不像红烧那么肥腻。

朱湾对这东西兴趣不大，还怕有毒，拼命拉住我们，不想让我们吃。朋友再三安慰，她还是不太放心，只说冰淇淋好。

画个不停

当然，店里的河豚价格也不菲，一条合人民币五六百元，比国内贵不少。

这个季节在东京，不得不提一下樱花。路边的树木已经葱绿，但樱花还没有开。

所幸的是我们在上野公园看到了早樱，粉粉的，嫩嫩的。游人们纷纷在早樱下张开双臂，合影留念。

朱湾穿着粉色的和式浴衣，走在樱花树下，非常应景。她不时地摆造型，爸爸妈妈一路给她拍照兼赏花。

# 做客郁文斋

2月17日,久负盛名的日本书法家、大收藏家高木圣雨教授来到东京学艺大学艺术馆,参观爸爸和加藤泰弘教授在这里的联合展览。

我们到艺术馆时,高木教授和他的博士生已经到展厅了,正在细细观赏作品。

爸爸一边陪高木教授看展,一边讲解他的创作思路,朱湾和妈妈跟在后边,一起作陪一边欣赏作品。朱湾拉着妈妈的手,不时仰脸看着这位陌生的日本书法教授爷爷,听他讲着奇怪的日语。一会儿看看翻译阿姨,比较着两种语言的不同,真想知道他们到底在讲什么。

高木教授饶有兴趣地询问爸爸题跋中的内容,并对作品中用"句读"这种形式很感兴趣。所谓作品中的"句读",就是用毛笔在该断句的地方画上句号。书法作品不像现代文章,是不用标点的,一般都是一口气写下去,让观者自己分辨该停顿的地方。

他幽默地说:"当代中国的书法家,王镛先生曾用过这个方法,你是第二个。"说完两人相视大笑。

朱湾在一边听得似懂非懂,看他们都笑起来,也跟着大家一起开心地笑起来。

日本的作品展示和中国的也不太相同,尤其是在装裱方式上差异颇大,爸爸

画个不停

朱湾爸爸和高木圣雨教授在展厅

的每张作品都被衬了不同颜色的彩纸，在中国一般多用一种黑色或白色等比较单纯的颜色做衬纸，不像日本这么鲜艳。

这种装框的样式，爸爸妈妈和朱湾都是第一次见。朱湾觉得很新鲜，在展厅里走来走去，看看到底有几种颜色的衬纸。

爸爸的日本学生介绍说，在日本还有一个奇特的现象，就是租画框要比买画框贵，我们都感觉不好理解。学生说日本人的家一般比较小，如果画框是买来的，展览结束后家里是放不下的，处理起来还是个大问题。所以尽管租画框很贵，一般展览还是选择租的方式。

我们陪高木教授一一看完展品后，正准备休息一下，加藤教授到了。

加藤教授比高木教授年轻不少，他对高木教授也十分敬佩，正在开教授会议的中间抽了个空来和大家见面。

日本的书法家门派林立，很少有一个教授到别的学校去看另一个教授展览的，即使本校同一专业的教授也不观摩，他们虽然同在东京书法界，单独见面看作品的机会也不多。这一点，和中国书法家互相捧场的现象很不同。所以，这次高木教授能来学艺大学看这个展览，非常难得。当大家一起合影时，高木教授对加藤教授说："我们还是第一次合影呢！"

按照之前的预约，参观完展览，高木教授带领我们一家做客他的郁文斋，共赏珍贵藏品，交流切磋书道。

高木圣雨教授是日本现代大书法家青山杉雨先生的入室弟子，其父高木圣鹤先生亦是日本著名书法家，在国际书法界影响很大，和中国书坛的不少名家都有来往。

高木圣雨教授是日本书道的新一代领袖，现为日本最大的书法团体——谦慎书道会的理事长，大东文化大学的书法教授，全日本著名的"二十人展"重要作者之一，曾获得过日本文部大臣奖。

我们在高木教授的带领下，从学艺大学开了大约一小时的车，来到他在箱

画个不停

欣赏高木先生所藏赵之谦对联

在高木先生家欣赏古代篆刻珍品

根的别墅。箱根在东京的郊外,那里没有高楼大厦,路两边都是一栋栋的小别墅,带着精致的小花园,让人顿时觉得幽静了不少。

一到院门,就看到清代吴昌硕篆书牌匾"卧牛庵"三个字,榆木绿字,十分古雅。"卧牛庵"是两幢别墅连在一起,面积也没有中国的别墅那么大。

他热情地招呼我们进门,还给朱湾专门准备了各种各样的日式点心。

室内琳琅满目的图书和字帖吸引了我们。我们直接到了他的书房——郁文斋,还在那里碰上了在日本三十多年的高木教授老友和中国书协的工作人员,他们是来向他借作品展览的。

高木教授和中国来往非常多,家里经常有中国客人,他说他去中国已经一百多次了,也可以讲一些中文,可以说是个"中国通"。他的长相也和中国人没有很大的区别,戴一副眼镜,头发花白,一副文雅老教授的样子。

高木教授收藏有丰富的中国书画艺术精品,明清时期的作品最多,尤以王铎、吴让之、赵之谦、吴昌硕等清代几大家的收藏为特色,不少博物馆的重大活动都要找他借藏品。

刚坐下来,高木教授就高兴地问我们:"想看什么作品?"爸爸说:"看点王铎、吴昌硕吧,篆刻也可以看看。"他立即从储藏间取出吴让之、赵之谦、吴昌硕、赵之琛、齐白石等人的40多方印章和王铎、傅山、吴让之、赵之谦、吴昌硕的书画长卷、立轴30多件,让我们一一欣赏。

赵之谦、吴昌硕的几方印都是作者的常用印章,特别难得。

赵之谦的大字对联雄强宽博,小字质朴文雅,可以看到他把北魏碑刻和"二王"试图融合的探索。王铎的大幅立轴和小草临阁帖手卷,一大一小,清晰看出他继承"二王"和拓而展大的轨迹。

印象最深的是吴昌硕的作品。

高木教授所藏吴昌硕的作品约有百件,他家中立轴也多挂缶老的。印象最深的是这次见到的一本册页,是吴昌硕和他老师杨见山的数十通手札,从吴氏三十岁到晚年的都有，可以看到他"稿书"的变化，真是大饱眼福。

我们忙着看这些精彩的作品，朱湾坐在一边的地板上吃起了高木先生准备的点心，不时跑过来看看作品。

过了一会儿，我们看她不作声，就过去看看她在干什么。不想，她正拿几方吴昌硕和齐白石的印章搭积木，真把我们惊出一身冷汗，赶紧制止。要知道这些作品都是十分珍贵的名家名作，连很多博物馆都没有这么好的藏品。

欣赏艺术珍品总是觉得时间过得很快，不知不觉天就黑了。

我们到高木先生的接待室休息，他向我们赠送了谦慎书道会新编的研究董其昌和张瑞图作品的两本书。

晚上，高木教授邀请我们一家和其他几位中国朋友在著名的东京饭店吃了箱根烤牛。日本的和牛品质卓越，又嫩又香。我们自己动手烧烤，不亦乐乎。

席间，他回忆了自己收藏这些艺术品的往事，并向我们讲述了根据印章把吴昌硕书法判断失误的经历，很感慨地说："中国书画，要学习的知识很广泛，不能轻易下结论啊！"

收藏艺术品，不仅要有一双慧眼，还要有丰富的艺术史知识。

饭后，酒店有个小型的抽奖活动，类似中国的小转盘，根据消费情况可以有好几次摇奖机会。高木教授陪着朱湾一起摇奖，一共得到了七八种小奖品，他和朱湾一样高兴，开心得像个孩子。

朱湾意外收获了这么多小奖品，更是乐颠颠的。

# 东京会友

## 尾崎先生招饮

尾崎苍石先生今年 75 岁，住在大阪。

他是日本篆刻家协会顾问、苍文篆会会长、西泠印社名誉理事，又是著名书法家、收藏家。

尾崎先生得知天曙和朋友的展览 24 日在东京举行，当天上午就从澳门飞回东京，又从机场直奔中国文化中心的开幕现场。他到展厅时已经是下午 1 点钟了，都没顾得上吃午饭，让我们非常感动和过意不去。

他在展厅一见到我们，便开心地微笑起来。今年 5 月时我们和他刚刚在北京见过面，很熟悉的老朋友了。

5 月 15 日，尾崎先生参加中国艺术研究院篆刻院的活动，在和田先生和晋鸥先生的陪同下，专门来到爸爸所在的北京语言大学中国书法篆刻研究所访问。

在办公室里，爸爸和尾崎先生讨论了篆刻史和篆刻创作的一些问题。

他看到案头有日文版的《从王羲之到空海》展览图录，便特意翻出其中的印章部分，指出其中有几件是借他的藏品展出的。

尾崎先生当天很高兴，为我们题写了"日新无疆""艺林清音"两件书法作品。

东京中国文化中心

## 东京会友

爸爸请尾崎先生担任中国书法篆刻研究所的客座教授，他谦逊地说要好好向中国书家学习。

为了祝贺这次展览，尾崎先生专门准备了两万日币的礼金，用一个白底打着红色彩结的小袋子封好，上面恭敬地用小行书写了四个字"御祝。尾崎"。日本朋友说，这是尾崎先生祝贺展览的最高礼节了。

展览活动之后，在展厅举行了小型的书法雅集，他在宣纸上为我们写下了四尺整张杜甫绝句二首之中的一首：

江碧鸟逾白，山青花欲燃。
今春看又过，何日是归年？

朱湾站在旁边聚精会神地看这位日本爷爷写字，这首诗正好是她会背诵的。

朱湾还说，绝句的另一首也很有名，说着就一口气背了下来：

迟日江山丽，春风花草香。
泥融飞燕子，沙暖睡鸳鸯。

大家一起为她鼓掌。

第二天下午，尾崎先生要参加全日本书展的评审，又专门邀请我们一家中午到他当天入住的酒店用餐。

他先请我们品日本茶、喝咖啡，周到地给朱湾点了爱喝的果汁，还专门带了随行翻译，怕和我们沟通不畅。他又怕我们吃不惯日本菜，专门提前预订了中餐，特别细致、客气，中间还不停地问朱湾喜欢吃什么，对孩子十分照顾。尾崎先生通过翻译告诉朱湾说，他特别喜欢吃中国的小麻团，朱湾认真记下了

尾崎先生为爸爸展览准备的贺礼

尾崎先生为我们创作书法作品留念

画个不停

尾崎先生古玺印图册

古印图

他的口味，说是等他来中国的时候请他吃麻团。

席间，尾崎先生细细介绍了他五十几次去中国的情景，其中有北京、山东、山西、浙江等地，包括和他的老师梅舒适先生一起到荣宝斋、西泠印社的往事以及收藏的趣闻。

尾崎先生说，他有一百多方先秦古玺——这个收藏量是非常惊人的，正在装订印谱，做成后要送我们一套作为纪念。

他还说他在大阪的家正在装修，下次要邀请我们去他家里玩。还亲切地问朱湾要不要去，朱湾爽快地答应了。

尾崎先生的苍文篆会是全日本影响极大的篆刻团体之一，弟子特别多。先生又提出请爸爸做苍文篆会的荣誉顾问，我们一家都感到十分荣幸。

## 木鸡室读款识

旅日期间，正在东京大学访学的《中国文化研究》杂志副主编、北京语言大学的段江丽教授来酒店看望我们一家。

段江丽是研究《红楼梦》的专家，但她一家都很喜欢中国传统书画艺术。我们和她约好，一同去拜访日本著名碑帖金石拓片收藏家、木鸡室主人伊藤滋先生。

伊藤滋先生家有两幢小楼，我们去时他在院子里等待，一个黑黑瘦瘦的日本老人，见面既不热情，也不冷淡。和高木教授、加藤教授不同，他是一位中学老师。

他的寓所面积不大，进门就看到一张复制装裱的金冬心墨梅卷轴，画面已经泛黄，看起来也有些年头了。

随后他带我们来到一个十平方米左右的小书房——木鸡室。

房间不大，但到处都是书和古物，墙上悬挂着中国和日本的古代书画，连半个巴掌大的小框子里装的都是商周时期的彝器款识。书房中间挂有一个江户时代书法家所书的"木鸡"二字，十分古雅，木鸡室的名字恐怕就是来源于此。

爸爸看到沙发边上有一件四尺整张凌文渊的梅花立轴，高兴地说："凌文渊先生是江苏泰州人，我也是泰州人，我们是老乡。"伊藤先生直说凌文渊梅花画得好，这张作品是他多年前收藏的。

这也是我们所见到的凌文渊的墨梅精品，以前看过的作品都比不上他这一张。

伊藤先生看到朱湾来了，忙取出日本小果子招待她，我们喝日本抹茶，她吃果子。伊藤先生风趣地说，他这个房间从来没有小孩来过，就是他的孙子也不许来，朱湾是第一个。

日本人的房间都很小，我们人又多，满屋子古董，加上路上特意嘱咐了朱湾不能乱动，她也只好乖乖坐在椅子上不敢动，我们一直捏着一把汗，生怕碰坏了他的珍贵收藏。屋子里还有一个老式的木炭炉子，真不知生火之后该怎么办。

伊藤先生主要收藏中国古代拓片，而且据说在全日本是收藏最多的。

拓片就是指将碑文石刻、青铜器等器物的形状及其上面的文字、图案拓下来的纸片。是一项十分古老的传统技艺，制作时使用宣纸贴在器物上，再用布包上棉花做成的拓包蘸上墨汁，将碑文、器皿上的文字或图案清晰地印下来，这需要很熟练的拓工才能拓好。有的拓片十分珍贵，因为文物不是随随便便就可以拓的，随着时间的推移，每一次的拓本也有变化。

我们家也收藏有一些汉碑、画像砖和画像石的拓片，经常有朋友请爸爸在一些拓片上题拓。朱湾见识过不少，在山海关的时候也亲眼见过拓工拓砚铭，还亲自上手试过。

2015年，伊藤先生曾经在日本山梨美术馆展出过他的金石拓本。书法史

东京会友

上著名的《父乙尊》《扬方鼎》《大盂鼎》《毛公鼎》《散氏盘》《虢季子白盘》等名品以及甲骨文、秦权量、汉钟铭、瓦当、名碑等拓片他都有收藏。

伊藤先生取出西周时期《散氏盘》的旧拓本给我们看,更珍贵的是上面还有吴昌硕72岁时的题跋。《散氏盘》原器收藏在台北故宫博物院,我们去台北的时候曾专门去看过,但这个铭文旧拓本还是第一次见。

吴昌硕一生临过很多次《石鼓文》和《散氏盘》,专家们多注意他书写和研究《石鼓文》,其实《散氏盘》也是吴昌硕一生所钟情的。他在题跋中,考订了《散氏盘》中的文字,并就钱大昕、莫友芝等人对"盘""隔"的释文进行比较。题跋小字精雅质厚,是难得的精品。

吴昌硕题跋之后还有伊藤先生请香港马国权先生的题跋,进一步研究了《散氏盘》文字的释读。马国权先生曾协助容庚先生编过《金文编》,爸爸和他在南京见过,后来还有书信往来,专门讨论学术问题。

我们又欣赏了其他多件珍贵拓片,告别出来后终于放松的朱湾长吁一口气说:"木鸡室,真是令人呆若木鸡。"我们都哈哈大笑,深有同感。

# 从伊豆到镰仓

　　日本著名作家川端康成的代表作《伊豆的舞女》使伊豆声名远播，这本书还被改编成了电影，由日本著名的演员三浦友和与山口百惠共同主演。

　　《伊豆的舞女》讲述的是一位日本民间歌舞伎艺人和同路的大学生川岛的朦胧感情，唯美纯情。

　　在去伊豆的路上，朱湾知道了这本书的作者和大概内容。

　　伊豆离东京不远。从东京站坐新干线不到一个小时到达三岛站，下来就是伊豆。这是朱湾第一次在日本坐新干线，车上人很少，特别干净，有相当多的空位子。

　　从东京出发的时候，已经下了半天的大雨，朋友送我们到的东京站。到伊豆的时候，天色很晚了，雨也停了。

　　从站台到酒店又开了一小截山路。酒店的空间非常大，外观是欧式的乡村别墅，有相当高的挑高大厅，几乎感觉不到身处何处，和寸土寸金的东京相比，已然是另一番景象了。

　　房间里则另有风味，宽大的卧室和一间比卧室低下去约半米的和式客厅，床上准备了三个人的和式浴衣，又无声地提示着这是在日本。朱湾和同去的小朋友很喜欢这个特别的客厅，两个人一起蹦来蹦去，还一起创作作品。

　　酒店是自助晚餐，日式的美食和西式的点心都有。自助餐是朱湾的最爱，

在修善寺

可以自由选择爱吃的品种，摆出自己想要的样子。

晚饭后，一起去酒店泡了著名的伊豆温泉，水不很深，但水质和温度都极好。穿上美美的和式浴衣，在安静的乡村酒店，体味一下当地人的闲适和美好。

睡觉前，学习了一个日语新词，"欧亚斯密"，在日语里是晚安的意思。三个人互道"欧亚斯密"。

第二天起来，才看清楚酒店的真面目。阳光朗照，外面是一片碧绿的山间原野，顺着起伏的山势有一个大型的高尔夫球场，远处是一片隐约的小山。

一家人走在干净的小路边，呼吸着这纯净的山间空气，微风清拂过面庞。

伊豆的修善寺和梅林都很有名。

修善寺不大，但很精致，是平安时代大同二年（807年）空海和尚所建。空海还是著名的书法家，在日本备受推崇，对唐朝文化在日本的传播起了重要的作用，被敬称为弘法大师、遍照金刚。

伊豆号称"小京都"，这里有红桥、竹林、小径、清泉、奇石、碧树，处处入画，是品幽的好去处，日本人认为这是一个可以"愈"的地方。

修善寺的门口有块牌匾，用草书写着"降魔场"，大约这里是能制服妖魔的地方。进来有个小石门，上面刻有"百度石""奉寄进"的字样。寺院的右侧是"桂谷灵泉"，上有龙首，流出汨汨温泉，盛在一个长方形黑色水泥的池子里，边上放了几个小小的竹子做的水舀，供游人涤除尘俗。朱湾从小喜欢玩水，不住地用竹子做的水舀舀了满满的清泉洗手，舀了洗，洗了再舀，她大概觉得这样非常好玩。

与温泉相对的左手边是一尊巨大的古钟，上面专门建有古亭，底下用灰黑色的大石头堆砌围绕。边上有几株翠绿的老枫树环绕着，庄严静穆。

朱湾喜欢这个古亭和黑色的石头，绕着它轻快地跑了一圈又一圈，像一头活泼的小鹿。

城崎公园里的软木吊桥,在这里可以远眺太平洋

赤蛙公园的竹林

寺院中的黑松极具特色。

松皮遒劲发黑，松针挺立翠绿，犹如盆景所栽。日本的街头到处可以看到松树，但都不及这里的古朴苍老。

寺院正厅边的古树下，有一尊空海和尚的石雕，手持佛具，神情怡然，边上遍插"南无大师遍照金刚"的小红布。朱湾还发现了寺院的四周角落摆有许多小型的佛像，两个一组，有的头上戴着小红布，有的两尊合围一个红色小围兜，神情怡然。我们也不知何意，大概是祈求姻缘的吧。

寺院右边有个独钴汤，据说是伊豆最古老的温泉。

相传在1200多年前，弘法大师走访此地时，在桂川发现了一个为生病父亲洗身的少年。大师问："河水很冷吧？"并且感其孝心，用手中的佛具独杵撞击水中，岩石使神圣的温泉涌出，他教少年温泉疗法，其父的病也随之痊愈。

这里是修善寺温泉的发源地，现在已禁止入浴。但边上仍有许多小泉眼，泉水从泉眼冒出流入小溪，行人十分小心地脱下鞋袜，一排排地坐在那里用温泉水泡脚。

寺院边上还有伊豆最古老的木造建筑——指月殿，旁边的轮田桥、枫桥、桂桥、渡月桥等，和竹林小径连成一片，颇有点类似中国的江南水乡，只是更加迷你。

附近有个赤蛙公园，清幽迷人，是日本著名作家岛木健作短篇小说《赤蛙》的取材地。

伊豆还是芥末的主产地，这里许多食品都是用芥末制成的。芥末又名辣根，形状类似黑黑的小胡萝卜，表皮又有点像生姜。过去只见过芥末酱，这回第一次看见新鲜的芥末。当地人把它擦成碎末，直接食用。好多食物点心都是芥末口味的，甚至甜筒冰淇淋上面也放上芥末。出于好奇，同行的伙伴都尝了一只。芥末冰淇淋吃起来并没有想象的那样刺激，微凉又清新可口，连朱湾都

修善寺的红桥

修善寺里的小佛像

画个不停

太平洋里的礁石和浪花

八幡宮的一池白荷

吃得很欢，并不嫌辣，这大概也和她平时喜欢吃三文鱼蘸芥末有关吧。

伊豆是个半岛，看海是极好的。

我们在回东京的路上，沿海而行，中间来到城崎公园，在那里眺望太平洋。朱湾战战兢兢地行走在空中木桥和礁石之间。木桥是狭长的软梯，摇摇晃晃的，真是又害怕又想看。下面海水碧蓝，一次次涌上来击打着岩石，激起巨大的白浪，场面十分壮观，令人流连忘返。

沿着伊豆半岛行驶了两个多小时，傍晚时分，来到了古城镰仓。

暮色中的镰仓恬静悠然，许多店铺已经关门，一些欧美游客三三两两地在临海酒吧喝酒消夏，和繁华的东京快节奏的生活截然不同。

我们沿着镰仓的一条古街一直闲逛到八幡宫，路边还有几家尚未关门的店，卖些精致的小工艺品，都是朱湾最爱逛的，几乎每家都要进去，看看望望，喜欢得不得了，兴高采烈地采购了不少小物件。

八幡宫位于重峦叠嶂之中，入口的红色"开"字门非常醒目，宫前的千年古松、拱形石桥烘托出端庄和古朴的气质。

尤其要说的是八幡宫前的一池荷花，开得正盛，全是纯净的白荷，没有一个是杂色的，在微茫的夜色下极富禅意。这是我们第一次看到如此多的纯粹雅洁的清荷。

镰仓的古寺庙甚多，八幡宫附近，大大小小的寺庙还有十几座。大的有寿福寺、觉国寺、宝戒寺，小点的有东胜寺、本觉寺、大巧寺、妙隆寺、英胜寺、药王寺、妙传寺等。

爸爸即兴写了一首小诗："镰仓古道映山中，凭海观澜万户同。松老禅音何处有？荷香四溢八幡宫。"

# 东京闲逛博物馆

## 东京书道博物馆

2月17日上午，天气晴好，在日本友人草津佑介先生的介绍下，我们来到了东京都台东区的东京书道博物馆和中村不折纪念馆。

中村不折先生是日本著名的书法家、收藏家，生前于1936年以自己的住宅作为馆址建立了东京书道博物馆。

中村不折先生早期专攻油画，自四五十岁以后开始专习书法。在日本的油画和传统书法两大艺术门类中，成绩都很大，又带了很多学生，在东京大有影响，是一位令人尊敬的艺术家。

除了从事艺术创作以外，中村不折先生还是一位著名的收藏家。

他在甲午战争期间曾作为战地记者来到中国，四处搜求中国古文物和金石碑刻，所以他的中国古代文物尤其是书法文物收藏特别丰富，在日本几乎无人可比。

1943年中村不折先生病逝，生前所建的东京书道博物馆就自然地成为中村不折纪念馆。

东京书道博物馆从建立到现在已有七十多年的历史，先后由中村不折先生的儿子和孙子担任馆长。

画个不停

全家在中村不折的花园

江户时期的建筑

## 东京闲逛博物馆

博物馆位于普通居民区的一条巷子里,外观和其他居民住所没有太大不同,我们去时附近很安静,阳光斜斜地洒在门口石墙上的"书道博物馆"几个黑色的隶书大字上。那天人不多,馆里除了工作人员外,就我们一行几个人。

日本有不少这种小型的专题博物馆,面积不大,但很精致,很适合专业人士和小孩参观,不累,又能真正地学习到不少知识。不像一些超大的博物馆,随便走走就很疲惫了,藏品也杂,不一定有自己喜欢的东西。

朱湾看到这栋精致的小房子也叫博物馆,和以前看到的大博物馆很不同,觉得很是喜欢,静下心来跟在爸爸妈妈后面一件件作品地慢慢观看,还不时地低声问这问那。令她欣喜的是,好多在家里画册上看过的作品都在这里找到了原迹。

博物馆的主展厅里有一幅高两三丈的巨幅书法,是中村不折先生本人临写的颜真卿作品,旁边有精美的墓碑拓片和《淳化阁帖》的不同版本。

《淳化阁帖》是北宋前历代法书汇帖,共十卷,也是流传至今年代最久远的一部丛帖。

所谓法帖,就是将古代著名书法家的墨迹经双钩描摹后,刻在石板或木板上,再拓印装订成帖。《淳化阁帖》收录了中国先秦至隋唐一千多年的书法墨迹,包括帝王、臣子和著名书法家等103人的420篇作品,被后世誉为"中国法帖之冠"和"丛帖始祖"。

几年前,上海博物馆曾举办过专门的研讨会,我们有幸也观瞻过部分拓本。

这里展出的《淳化阁帖》有很多珍贵版本,其中有夹雪本、绛帖本、大观本、世彩堂本、孙氏本、顾氏本、袁氏本、潘氏本、肃府本、陕西本、钦定重刻本和日本王文肃本等,都精美绝伦。

朱湾跟着爸爸学习了各个不同版本,还认真地比对各个版本的"王"字,发现了其中的奥秘,有的字形有微妙变化,有的则肥瘦不一,纸张色泽细看都有区别。

原来黑乎乎的拓片也可以这么有趣儿。

朱湾在这里学到的最大知识是：在众多的《淳化阁帖》版本中，夹雪本是最早的，据称是从淳化三年的原枣木版上拓下的，距今已有一千多年的历史。她不禁肃然起敬。

我们随后到了二楼的展厅，除了看到吴昌硕、何绍基等人的印章、书法作品外，还看到了一张中村不折夫妇的黑白老照片，十分典雅。中村不折先生出身于富裕家庭，淡定从容，夫人看起来也是温婉贤淑的感觉。

我们一致在这里决定自己一家人也要多留些照片，等过去很长一段时间再看，定会别有一番感慨呢。

主展厅边上的石刻馆面积也不大，但收藏的中国石刻非常精彩，除了一些保存较好的石佛雕像之外，还有一些著名的碑刻、碑额等。如有一方残损的东汉时期碑刻《正始石经》，两大块拼合在一起，用古文、小篆和隶书三种书体写成。这个碑是爸爸在家经常临写的，朱湾一眼就看了出来。还有一件用篆书阳文所刻的碑额，每字有十厘米大小，工艺精湛，字体生动，过目难忘。

这些石刻和雕像都十分古朴，显然是经历过历史的沧桑；据介绍，这些文物在日本还经历过不少次的地震，能完好地保存到现在实属不易，足见收藏者的用心。

院子西面另一个两层小楼里藏有丰富的青铜器、墓志铭、古砖、陶器、玉器、印章、瓦当、封泥等重要器物。青铜器都是殷商末和西周的，且大都有铭文在其上。还有东周时代的印陶文和出土于山东的封泥、瓦当及甲骨文。

最令人难忘的是汉代的阳文古砖，如"单于和亲""千秋万岁""安乐未央""汉并天下"等书法史上极其有名的作品，也是爸爸创作时最常取法的对象。

中村不折纪念馆的展厅中央围成了一个小庭院，特别清幽精致，虽然不是很大，但极其干净，收拾得很有日本风味。

院子中间是中村不折先生的青铜塑像，在太阳的映射下，发出古幽的光芒。朱湾看到雕像还主动跑去与之合影、鞠躬致敬。

早春的北京还是枯枝荒寒，这里却已经葱郁一片，幽深的大石头和厚厚一层绿苔显示了别样的润泽。石头的缝隙中也有碧绿的植物探出头来，一片生机勃勃。偶尔也有早樱开放。

我们一家三人都对这个小院子十分喜欢，在里面流连许久，细细观看里面的布置陈设，一草一木，阳光正好，一切都是那么静谧和谐。朱湾很配合，主动和爸爸妈妈抱在一起留下了很多温馨的家庭照片。

离开博物馆前，在博物馆工作的草津友人还专门赠送给我们书道博物馆所藏的《兰亭序》精拓本，印刷十分精美。

## 江户东京博物馆

江户东京博物馆在墨田区，离我们住的两国第一酒店才百余米的距离，每天进出都要经过好几次。

对我们来说，这也是第一次住得离博物馆那么近。该博物馆从外面看起来规模挺大，只是造型很一般。

人们似乎总是对离得近的事物不是那么感兴趣，也不愿珍惜眼前的机会，觉得没有神秘感。但我们还是在朋友的屡次推荐下，决定抽半天时间参观一下。

从酒店徒步来到博物馆，只用了几分钟的时间。人不多，票价也不贵。

从一楼售票处买好票后要直接坐电梯上到最高层，电梯两侧都是江户时期的画像，外形炫目奇特，仿佛直接穿越到了江户时期的日本。

江户东京博物馆是平成五年（1993年）成立的，以日本江户时期为主题。日本的江户时期大约相当于中国的明末清初到清中期这样一段时间。

这个博物馆不同于一般的主题博物馆，它按时间顺序用实物、情景再现展

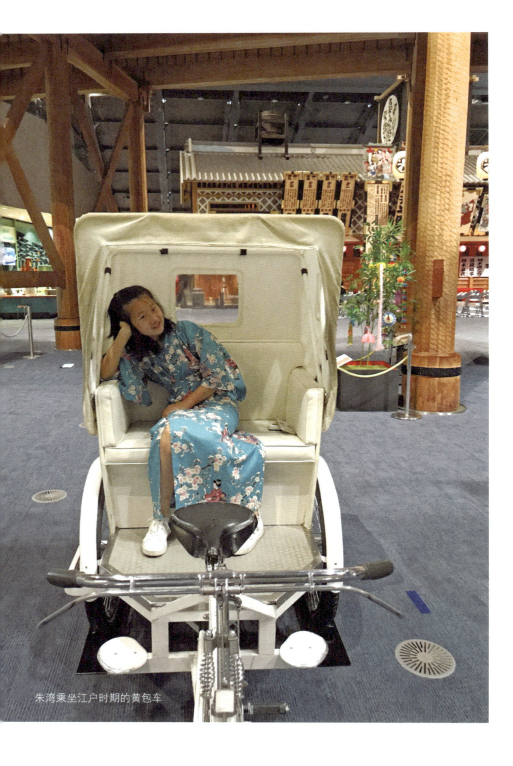

朱湾乘坐江户时期的黄包车

朱湾在江户时代的日本桥上

示了这个时期日本各个领域的面貌，全面地展现出东京当时的生活风貌，藏品可谓包罗万象。

从电梯出来一进馆就可以看到一座仿制的原木色日本拱桥，和真桥大小、形状都无异。朱湾说这里很像动画片《千与千寻》里的场景，她穿着日式服装站在拱桥上往下探头看，很像日本古代小女孩。昏黄的灯光下，还真让人恍惚：到底是在现代还是古代？

日本桥自古以来就是东京最有代表性的建筑形态，浮世绘上也常以日本桥作为标志。我们来来回回在桥上走了几趟，从桥上俯视江户时代的东京，17世纪东京城市普通人的日常生活尽收眼底，既有早期生活用品的实物呈现，又有同比例复制的市民家庭生活情景；既有铁艺、木艺、茶艺、报馆等店铺的展示，又有皇宫、服装等珍贵文物的陈列。参观的人可以进到屋子里体验老式日本民居，坐坐榻榻米，还可以乘上不同时期的交通工具，过一把古人瘾。

我们三人沿楼梯下楼，进入江户时代，脱了鞋子，坐在榻榻米上感受了地道古代日本人的生活方式，房间小小的，陈设一应俱全。那个时候的东京已经很发达，普通居民家里已经有了好多今天还在用的生活电器。

朱湾觉得以前的交通工具最有意思，好多造型都没见过，于是每一种都上去试了试，拍了很多照片。有的自行车居然可以蹬得飞快，就是底座特别高；黄包车也好玩儿。

还有一层是图文区，用实物和图文配合的形式详细展示了日本从江户时期过渡到现代生活的进程。其中还详细介绍了几次地震的形成和防护，内容非常丰富，令人印象深刻。

## 葛饰北斋美术馆

此次来东京，住在墨田区两国东京第一酒店。一进酒店大堂，就看到电梯

# 东京闲逛博物馆

朱湾和爸爸妈妈在东京葛饰北斋美术馆

边一张竖在画架上的精致小海报，海报上的图案就是非常著名的浮世绘画家葛饰北斋的《神奈川冲浪里》。仔细看介绍，知道葛饰北斋美术馆正在举办葛饰北斋本人的特别展。

在地图上看，葛饰北斋美术馆和我们住的地方非常近，就抽了一个上午的时间一家人慢慢地溜达过去。从酒店出来，往右走几百米，再往左转，横穿一条马路，就到了。

东京葛饰北斋美术馆设在地铁两国车站附近的一个区立公园内，它的周围是一些普通的住宅，非常幽静。

建筑背对着的是一条高架铁路，时而会有电车通过，高架铁路下面有一些卖水果和杂物的小店铺，可能是因为正值上班时间，并没有多少顾客。

北斋本人出生于墨田，并且在这里生活了大半辈子。

公园里有儿童滑梯、蹦床、沙子，还有戏水池，戏水池不大，上面还有座小小的石板桥，几个小朋友在父母的陪伴下静静地玩耍，这是一个完全开放的空间，美术馆和周围的环境有机地融合在一起，没有一点的不和谐。

葛饰北斋共有三个美术馆，另外两个在日本的长野县和岛根县。墨田的北斋美术馆是东京地区唯一一个葛饰北斋的个人美术馆。

葛饰北斋美术馆外观非常现代，看起来像一个大写的"M"形，外立面用的是可以反光的铝制板材，但是并不刺眼。

这座建筑是由日本普利兹克奖获得者、SANAA建筑设计事务所的创始人之一妹岛和世设计的。设计者别具匠心，在整个大的"M"形之中，留出了几条三角锥形的缝隙。这些位于各个不同方向的缝隙被设计成美术馆的出入口，对于丰富建筑外立面的光影变化起了很大的作用，使一个如此大体量的建筑显得不是那么笨重，十分巧妙。

当你位于建筑内部观展的时候，可以随着折面的角度转换视角，透过这些缝隙看到附近的东京街景，从而使美术馆的空间更加生动，移步换景，不再是

葛饰北斋美术馆

一个无趣的封闭观展空间。

在这些玻璃旁边，还摆上了与展览相关的人物剪影来渲染展览的气氛。

葛饰北斋美术馆占地七百多平方米，一共四层。

我们去时正好赶上了酒店海报上宣传的特别展，买了通票，从电梯直接上到四层，逐层往下观看。

我们上次来东京时曾参观过中村不折书道博物馆，那是一个比较传统的日式小院，而葛饰北斋美术馆则是一个完全西式的现代美术馆。

美术馆的三层和四层主要展示了葛饰北斋最有代表性的作品"富岳三十六景"，这些作品尺寸都不大，是一个系列的彩色木刻版画作品，描绘了由不同时间、不同地点远眺富士山时的景色。

北斋一生创作了大量和富士山相关的作品，"富岳三十六景"的初版只有 36 景，当时因其色彩明亮和受欧式画风的影响而大受欢迎，于是后来又追加了 10 景，最终成此系列 46 景。幸运的是，这个系列的全部作品都在本次特别展中展出。这些作品是北斋 70 岁时创作的，其中多数作品，富士山并不作为重点刻画的对象，而往往是在后景中若隐若现，作为一种精神性或象征性的存在。

北斋主要描绘的是江户时代富士山下的生活场景，有的是捕鱼，有的是行旅，有的是造屋，有的是赏雪、观海、登山、对酒当歌，反映了当时普通人民生活的方方面面。

这组作品构图简洁，极其富有装饰性，运刀如笔，线条非常流畅。所用颜色也不复杂，基本以花青、浅赭为主，部分辅以浅黄、墨绿等色，有一种静谧、清新的美感。

此次展出的"富岳三十六景"中最著名的有《凯风快晴》《神奈川冲浪里》《骏州江尻》等作品。

《凯风快晴》作于 1830 年到 1831 年，放在展厅入口的正中间，画面呈三

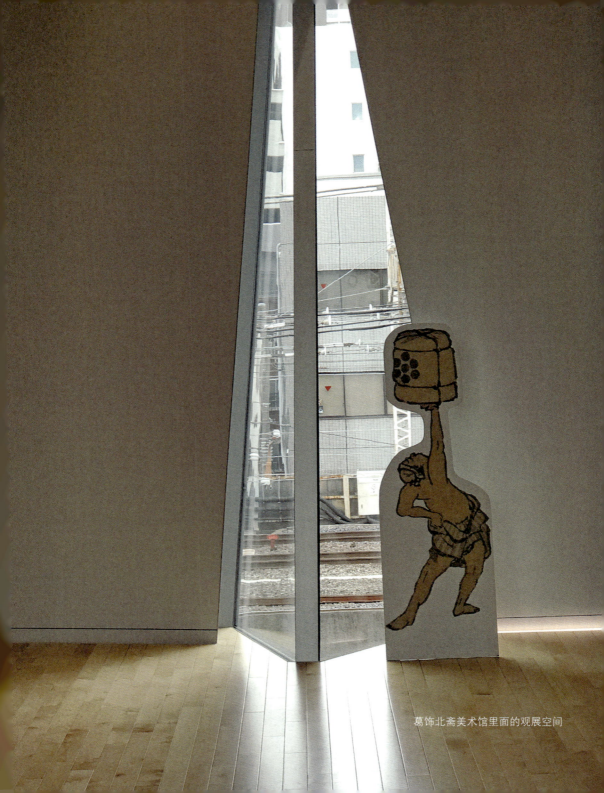

葛饰北斋美术馆里面的观展空间

角形构图，一反其他作品以富士山为背景的做法，以富士山为主要表现对象，占据了画面近一半的面积，赭红色的山体稳稳地矗立在画面上，近处是密密的树木，远处是广阔的海，海的颜色越往远处越深，整幅作品非常简洁，近乎抽象，只有山、海、树、浪四个元素，却有无限的张力。

《神奈川冲浪里》更为普通大众所熟知，被反复印刷和入选画册中，几乎可以说是浮世绘的代表，前面提到的此次展览的海报也正是用的这幅作品。此作以神奈川的浪为主要表现对象，用俯视的视角画出大海中的巨浪翻卷而起，激起无数的浪花，那一瞬间的力量汹涌而来，两只狭长的小船被裹挟在浪中，船上的人在奋力前行，远处是隐隐的富士山，展现了自然和人类的另一种关系。我们为了这幅作品曾经带朱湾专门去过神奈川，去的时候也是冬天，当时海风极大，吹在脸上生疼，衣服在翻飞，浪花不断击打着海岸，的确是有画面上那种极强的冲击力。在神秘的大海上，人类的力量真是渺小。

和《凯风快晴》《神奈川冲浪里》并称代表作的《山下白雨》更加几何化、抽象化，画面上的富士山面积更大，颜色更深，看起来也更加庄严雄伟，远处的白云做了图案化的处理，与黑褐色的山形成强烈的对比。

有研究者认为，"富岳三十六景"中的《骏州江尻》更有代表性。

这幅画刻画比较具体，北斋先用最简单的几何线条勾勒出美丽的富士山，画面的主要场景是在大风天气中赶路的人们。有的人头上的斗笠被吹走，有的人手中的纸被吹得漫天飞舞。风是没有固定形态的，但在北斋的画中，通过其他元素的运用和气氛渲染，却能形象生动地表现风的猛烈。北斋这种对瞬间感的艺术表现，达到了很高的境界。

这次展览不仅展出了全部的"富岳三十六景"，还有它的姊妹篇，还以绘本形式出版了"富岳百景"。

"富岳百景"就其整体的艺术性而言，在江户时代所有绘本中也是翘楚。

北斋在"富岳百景"的跋文中，写下他那段举世闻名的话："70岁以前的

神奈川的浪

朱湾在葛饰北斋美术馆

作品其实都不值一提。到 73 岁时，我对鸟类、昆虫、鱼类的结构及草木的形态充满灵感。86 岁时，我将在艺术上略有成就。90 岁时，我不再将情感隐藏起来。百岁之际也许能达到神妙的境界。百十岁时，仅仅一个点或一条线都被赋予了生命。请掌握长寿之神确认我所言。"

我们参观完特别策划的"富岳三十六景"后下楼，一楼和二楼是美术馆的常设展，展出了浮世绘所用的各种工具以及印制的全部过程，还有北斋其他时期创作的作品。

朱湾对印制浮世绘的种种工具甚是喜欢，看着那么多刀很是羡慕。

葛饰北斋从 14 岁就开始学习雕版印刷，活了九十多岁，他一生的创作时间长达七十余年，涉及的绘画题材多种多样，鸟兽鱼虫、佛像人物、山川草木、田汉村姑等都有描绘。有小幅作品，也有由数块大板拼起来的宏幅巨制，其中以《北斋漫画》最有影响。

朱湾最近对漫画很有兴趣，在《北斋漫画》中不断发现了新内容。北斋描绘各种形体时，根据情况不同，分别使用不同的表现方法，特别是人物的各种姿势和表情都很到位。在描绘的内容上，既有人们的喜怒哀乐，也有鸟兽虫鱼、山川草木，甚至还有日常生活中的一般器物，真可以称得上是一部绘画版的百科全书。

这部《北斋漫画》共有十五卷，直到北斋去世以后才出版齐全，对后世影响很大，很多人认为《北斋漫画》是日本现代漫画创作的鼻祖。

葛饰北斋的一生充满传奇，他使用过的名号极多，尤其是早期，过一段时间就会换一个名号。

据说当时浮世绘名家的名号类似于我们今天的商号，是可以转让的。

其签名的手法也有一个转换的过程，他运用中国古代"一笔"画的方法，署名"北斋改为一笔""前北斋为一笔"，以区分不同时期不同风格的作品。

爸爸后来在诗中写道："北斋兴到凯风来，色简平涂雅意赅。浮世深情求一笔，富山百景墨田裁。"

　　葛饰北斋一生都在潜心创作，名噪一时，但浮世绘是一种商业绘画，长江后浪推前浪，不时有新的画家涌现出来，所以葛饰北斋的晚年境况并不太好。尽管如此，葛饰北斋在世界美术史上的影响还是十分深远的，他与喜多川歌麿、安藤广重被后世并称为"浮世绘三大家"。

　　他的绘画风格对后来的欧洲画坛影响很大，德加、马奈、凡·高、高更等许多绘画大师都曾临摹过他的作品。其实，许多西方画家对东方艺术的理解，是间接地从浮世绘开始的。

　　在展厅的出口，有一个房间专门陈列了表现葛饰北斋晚年生活的电子蜡像，可以展示简单的动作，旁边是他的女儿在服侍他作画。家中陈设简单，在寒冷的冬天，他披着一床被子作画，地上全是废弃的纸团。

　　朱湾被这个雕塑深深感动，觉得老年的葛饰北斋和他的女儿很可怜，又打心底佩服老人作画的毅力。

　　从展厅出来，一楼有一个房间循环播放着浮世绘的制作过程，不少人在耐心观看。我们也陪朱湾一起坐下来，完整地学习了一遍。

　　展厅旁边有一处纪念品店，售卖的都是根据北斋的浮世绘作品设计的衍生品，有巧克力、笔记本、衣服、水杯等，精致又美观。看到这些，朱湾立马又有了精神，一溜烟地跑进去看了。

# 冬日巴黎闲逛

### 橘园里的《睡莲》

年前制订旅行计划的时候,朱湾嚷嚷着要"冲出亚洲",去巴黎。她正是十一二岁的年纪,对浪漫的巴黎和遥远的异国充满憧憬。

巴黎的冬天不像北京那么生冷,空气湿润,地上的草坪还是翠绿绿的。只是路旁的大树和北京一样,没有一片叶子,光秃秃的,树干和枝丫全部像黑铁似的。

冬天的巴黎,游客少了很多,更安静,也更有巴黎的味道,每家咖啡厅里都坐满了闲聊的顾客。

在巴黎的十多天里,我们游览了卢浮宫、奥赛美术馆、蓬皮杜艺术中心、橘园美术馆、蒙马特高地、小丘广场、索邦大学、荣军院、圣心大教堂、莎士比亚书店、花神咖啡馆和正在维修的巴黎圣母院,还专门去了巴黎近郊的圣旺跳蚤市场和远郊的枫丹白露。

在奥赛博物馆的斜对面、卢浮宫和协和广场的中间,有一大片巴黎人特别喜欢的去处,即杜乐丽花园。橘园美术馆就静静地坐落在花园一侧靠近塞纳河右岸的地方。

橘园美术馆不像卢浮宫那样体量庞大,也没有奥赛博物馆那样藏品种类多

全家在卢浮宫

样。有人说橘园美术馆是法国政府在卢浮宫专门为莫奈修建的美术馆，也有的说橘园美术馆是奥赛美术馆的副馆。不过，我们去的时候，橘园美术馆和奥赛美术馆用的是通票，所以，第二种说法更可信一些。

橘园美术馆所在的杜乐丽花园是16、17世纪皇家喜爱的花园。19世纪中叶，拿破仑的侄子路易·拿破仑当政时期，为了迎接来访的西班牙王妃，在杜乐丽花园里建造了栽培橘子和柠檬的温室，据说当时处处充满着清爽的南方水果的芳香，因此被称为"橘园"。

在美术馆的右侧，有一大片三角形的绿地，冬天依然葱绿轻盈，旁边有一些修剪得齐齐整整的树和三三两两闲逛的人，再加上橘园这个温婉美丽的名字，走在路上似乎都能嗅到空气里洋溢的阵阵芬芳。

橘园是20世纪初被改建成美术馆的，起因是为了庆祝第一次世界大战结束，著名的印象派代表画家莫奈决定将两幅《睡莲》巨作捐赠给法国政府，希望人们从中感受到久违的平和与宁静。战争期间，莫奈一直在画室工作，这些作品被莫奈视为唯一可以参与这场伟大胜利的方式。

橘园美术馆规模不大，只有二百来件藏品，建筑也比卢浮宫和奥赛美术馆简洁得多，参观的人也少得多。它只有单独一幢修长的罗马式建筑，两侧是拱形的窗户和黑色铁制的装饰栏杆，正门的拱顶上站立着一个拉弓的金色小天使。

美术馆的内部装修十分现代，透明的玻璃顶层、立体的钢结构以及灰色的方形混凝土，明亮而庄重。室内分为地面一层和地下一层，地面一层有两个展厅用来展示莫奈的作品。进门的展厅里都是经典的小幅作品，《鲁昂大教堂》组画在一面墙上次第展开，展示了不同时间和光线下大教堂的色彩，有的是灰蓝的冷色调，有的是金色和橙色的暖色调。莫奈一生对色彩和光线痴迷，这些作品展现了他对画面的理性分析，同时也表现了他对光线和色彩极其细微变化的敏感。

在奥赛美术馆,左边是塞尚作品

小丘广场

## 画个不停

　　顺着展览方向往里走，便是两个椭圆形的展厅，里面展出着莫奈晚年的六幅代表性巨作《睡莲》，这也是橘园美术馆的镇馆之宝。《睡莲》系列作品尺幅巨大，馆内整个空间和墙面几乎都被画作覆盖，金色的窄画框简洁地勾勒出画面的轮廓，除此之外，并没有其他烦琐的装饰。画面呈现出油画里不太常见的超长横幅比例，类似于中国画里的卷轴作品，但是比卷轴画大无数倍。这批画作是20世纪上半叶画坛最大型的组画之一，展示的四壁也是环形的，把观者围在展厅的中间，随着长长的参观路线依次展开的是蔚蓝的池塘，将开未开的粉色、白色睡莲，朦胧的天光云影，纤长柔韧的绿色柳条，作品前没有遮挡的玻璃，可以远看，也可以近观，非常震撼、唯美、梦幻。画面没有刻意表现天空和池塘的分界，两者完全融为一体。

　　莫奈很久以来就有画大型作品的想法，他说："我曾想用睡莲来装饰客厅：沿墙伸展，占据全部墙面，使人产生置身于水边的幻觉。在那里，因工作而绷紧的神经将得到松弛，就像这些水一样，不再流动，静止休息。这间屋子还可以给居住者提供一个在开满鲜花的水族馆中静思的机会。"幸运的是，莫奈晚年的亲密朋友、第一次世界大战时的法国总理克里孟梭帮他完成了梦想，克里孟梭鼓励莫奈创作，并承诺收藏他的作品，这些作品同时也见证了两位友人的伟大友谊。

　　当时七十多岁的莫奈为了完成这些大型组画，在巴黎郊外吉维尼的画室里设计了专门的工作室进行创作。老年的莫奈右眼患有退化性白内障，常常力不从心，有时甚至愤怒地把画布割破。忙得不可开交的克里孟梭还要放下手边的工作赶到莫奈的工作室来劝说一番："画吧，画吧，不管你自己知道不知道，这些都会成为不朽之作的。"晚年视力越来越差的莫奈仍然坚持作画，他这一时期的创作更加简洁、抽象，颤动游移的笔触、大面积的渲染、虚虚实实的色彩变幻、具有东方水墨艺术的韵味，都令观者不由自主地产生无边无际的遐思。

　　展览的门厅是莫奈生前亲自设计的，其用意是在躁动不安的城市和他的作

冬日巴黎闲逛

莫奈先生

品之间营造出一个独特的空间。他的设计无疑是成功的，当人们走进这里，就会自然而然地屏住呼吸，徜徉在这无边的睡莲中了。

莫奈画睡莲一直到生命的最后。他享年86岁，直到他死前不久，还在给友人的信中说，他从一天的工作中得到无比的欢乐。

橘园被后人称为"印象派的西斯廷教堂"。在它的地下一层，还展示了塞尚、高更、雷诺阿、卢梭、莫迪里阿尼、毕加索等众多著名艺术家的画作，件件皆精品。

## 蒙马特高地和小丘广场

蒙马特高地和小丘广场位于小巴黎的北部。

我们从入住的朗格卢瓦酒店一路向北，地势逐渐升高，步行经过五六个路口，看到了著名的红磨坊咖啡馆。这座咖啡馆和19世纪的画家雷诺阿、劳特雷克等都有着密切的关系。和朱湾一路讲讲看看，她拿着手机不断拍照，一点也不觉得累。

从红磨坊咖啡馆往右拐，走几百米，再往左拐，一路上坡，就到了蒙马特高地。蒙马特高地是一片地势较高的区域，归属于巴黎市只有短短一百多年的时间，可以说是巴黎最年轻的一个区。据说，在此之前，这里是布满葡萄园和磨坊风车的乡间小村落。

蒙马特高地最有代表性的建筑就是鼎鼎大名的圣心大教堂。

圣心大教堂是法国巴黎的天主教宗座圣殿，也是巴黎的地标之一，于1914年建造完成。中间因为第一次世界大战爆发，直到1919年战争结束后才正式开始使用。

教堂的外部装饰为统一的白色石灰岩，白色石灰岩能不断地分解出方解石，这样可以使教堂保持洁白，看起来非常圣洁，所以圣心大教堂又有巴黎

蒙马特高地的圣心大教堂

"白教堂"之称。它兼具罗马式与拜占庭式的建筑风格，洁白的半圆顶上装饰着半圆形的几何花纹，大半圆顶的前面是一个形状、颜色、装饰都与其基本一致的小半圆顶，二者形成一个体量上的对比。除此之外，还有五六个更小的半圆顶，错落有致，使得教堂宏伟而不呆板。圆顶下面是一排拱形的高窗，统一而又富于变化，颇有些东方情调。教堂正门两旁分别是圣路易国王和圣女贞德的绿色雕像，在教堂大面积的白色背景下显得很醒目。

教堂内的光线有些幽暗，空间非常高大，令人心生敬畏。尤其是位于教堂中间的大穹顶，直径有16米，距离地面55米，穹顶的边缘是一圈拱形的窗户，便于采光。穹顶下方是一排排朴素的原木椅子，坐着一些祷告的人。

教堂内部装饰有许多浮雕、壁画和镶嵌画，我们从左至右依次参观，不断惊讶于工艺的精湛和教堂的宏伟。朱湾紧紧地挽着我的胳膊，不断地低声提醒我们说话声音不要大，不要讨论。

圣坛上方是一张巨幅天顶壁画，面积达475平方米，是目前世界上最大的镶嵌画之一。画面绘制细腻，铺满群青蓝的底色，高大的复活了的耶稣伸开双臂赤脚站立中央，身后闪着金色的光环，头顶上方是展翅飞翔的和平鸽，也笼罩在一圈光环之下。再往上，是呈倒影的天父，只露头和双肩，头戴三层宝冠。耶稣两臂斜上方有两排天使恭敬站立，圣母随侍右侧，左侧为举旗天使，脚下为下跪的主教与卫士，他们的后面站着向上帝祈祷的各色人物。在镶嵌画的底部，有一句话说明了教堂的建立是整个法兰西献给基督圣心的礼物："在耶稣圣心中，法国虔诚、忏悔和感激。"

除了这幅巨作，教堂两侧也有很多镶嵌装饰画，都精美细腻、色彩柔和。有的部分区域感觉还没有完成，可能是在等待新的捐赠者出资。教堂的宣传页上说，工程的资金是由个人、教区、修会、宗教组织、堂区以及组织的捐款募集而来，还在括号里特别说明："我们拒绝大额的款项"。

圣心大教堂的拱形窗户从内部看，都是彩色镶嵌玻璃画，内容大体也都是圣经故事。当阳光从彩色玻璃窗透过来的时候，折射在廊柱和地面上，让人目眩神迷，有一种沐浴在温暖之中的感觉。

圣心大教堂是巴黎的制高点，在它的圆顶上可以俯瞰整个巴黎，也是观日出的好地方。站在台阶上，整个巴黎陆续在眼前展开，层层叠叠，密密匝匝，宛然一张巨幅城市画。朱湾说她特别喜欢巴黎的建筑、艺术和气候，希望以后可以长居巴黎。

从圣心大教堂下来没多远，有一小片四四方方的小丘广场，也叫画家广场。

广场上有一些带着画箱或支着画架的画家，有的在展示作品，有的在招揽顾客。这些画家有的是画肖像，有的是漫画，有些是画城市风景，一幅作品四五十欧元，看了一圈，没有水平特别高的，基本是街头商业画的水平。不过，小丘广场以前是出过名家的，著名的西班牙画家毕加索和达利年轻时都曾经在这里画过画。

我们去的时候还早，画家还没有全部过来。朱湾围着小丘广场转了一圈又一圈，每个小摊子都细细观看。

小丘广场的对面有一个不错的达利艺术馆，里面展示着很多达利的雕塑和画作。很多雕塑我们以前都没有见过，很精致，风格强烈。画作则比较一般。展厅负责人说，这些作品都可以出售。达利生前跟他们签了合约，每件作品都可以限量复制几百件，价格都不菲。达利的艺术是和商业结合的典范，他不光是个艺术家，也是个商业奇才。

朱湾对达利的作品比较熟悉，指着很多作品说"见过"，而这次看到的都是原作。展厅里播放着达利生前的纪录片，我们坐在那里看了好几遍。

# 夜逛书店

上午，正兴致勃勃地临褚遂良的《阴符经》，不想爸爸却约我陪他去梧桐书坊逛逛。

梧桐书坊是北京语言大学唯一的书店。从北语南门一进来，左手边就是，书店招牌就是爸爸题的。黑色的大漆做底，四个大字和名字都是金色的，古朴而醒目。

书坊里卖得最多的就是各种外国留学生用的汉语教材，其次是给中国人看的外文教材，除英文外还有日文、韩文以及意大利文、阿拉伯文等小语种书籍。另外也有一些畅销的人文社科读物和各种大字典等工具书，兼有一些学校礼品、服装和文创用品。

逛了个把小时，翻翻看看，并没有什么特别想买的书。

给朱湾挑了一本商务印书馆出版的大字版《新华字典》，印得十分疏朗，看起来很清爽，这是朱湾很久以前就说过特别想要的。可能是她看到班上的同学有这样的字典，一直很羡慕。

爸爸买了冯友兰的《中国哲学史》，这本书以前就有，这次买了新的版本。还买了《诗经词典》、《孙氏周易集解》（上下册）、《尔雅义疏》（上下册）、《明嘉靖刻宣和书谱》、《国家图书馆藏稀见字书》四种。

朱湾放学后听我说去了书店，也闹着要去。她从小常跟我们逛书店，也对

买书极有兴趣。正好我们俩上午逛得不太过瘾，晚上她完成作业后，我们就一起来到北语后门西王庄路的三联书店继续逛。

朱湾有一段时间没来书店了，一时激动得不知看什么好，在宽敞的书店里奔来奔去，先挑了一堆笔，又选了一堆本子，这些都是她最喜欢的。后来，慢慢静下心来，翻看了一些凡·高和莫奈的画册，兴奋地告诉我哪些是她临过的，哪些是老师给她们课上看过的。她对凡·高很有感觉，或许和在学校里临摹凡·高有关吧。她要买一本凡·高的明信片，征求我的意见，被我果断拒绝了，理由是印得不够好。我告诉她家里有一本我在荷兰凡·高博物馆买的《凡·高画集》，印得极好，答应她明天找出来给她欣赏并送给她，方才罢休。

看完画册，朱湾终于找到自己喜欢看的《哈利·波特与密室》和《哈利·波特与魔法石》，当场就坐在书店的台阶上认真地读起来。最近一阵，朱湾突然成了"哈迷"，刚看了好几部哈利·波特的电影。她们班同学似乎对这类书比她喜欢得早,以前有个出版社的阿姨曾送过一本给她,让她看都不看一眼,不知最近是什么原因,忽然就有兴趣了。小孩子读书的热情很特别,一个阶段有一个阶段的喜好。

爸爸一向喜欢逛书店,看到书总是两眼放光。他现在关注的书和以前有所不同,以前都是特别专业的文史和艺术方面的书,这次买了两本外国学者研究帝王的书,一本是《宋徽宗》,一本是《乾隆帝》。我笑他说:"看来这是格局要变大了。"现在的学术书设计很精致,让人爱不释手,尤其是一些外国学者研究中国文化的,视角不同,读来也很有趣。他挑了一本王力的《诗词格律》送我,让我深入学习写诗的方法。最近一阵开始学作古诗,兴趣正浓,有时又苦于不知道具体规律,这本书真是个好礼物。还有一本浙江人民美术出版社新出的《历代名画记》,正是我俩都用得上的。家里以前也有这本书,看到新的版本又有了新的阅读欲望。经典书就是有这个好处,可以常读常新,每次都有新的感受。朱湾日后如果从事艺术,这些书也照样都用得上。

这次我选了几本比较特别的书,全是关于日本艺术的。

一本是人民文学出版社出的古谷红麟的《日本明治时代设计图谱》(上下册),这套书几乎没有什么文字,封面很清新,内容是一百多年前的日本手工木刻版画图样,有几百种,漂亮极了。古谷红麟是日本近代著名的设计师和琳派画家,他设计过众多图案画,其设计作品获奖无数,有浓浓的日本风格。图案多取材自然中的植物、花卉,并对其加以概括和几何化,色彩极为淡雅别致,每一个图样都是一张美美的独立作品。他设计的这些图谱也有点类似于我们国家传统的信笺纸,没有那么精细,但纹样种类更多。

还有一本潘力先生的著作《浮世绘》。我一直对日本美术颇有兴趣,此前在东京还专门去浮世绘大师葛饰北斋的纪念馆参观。书的内容比较详尽,对浮世绘的各种流派都做了细致的介绍。遗憾的是,书中配图略嫌小,看起来不是那么过瘾。

画个不停

　　正在犹豫的时候，忽然看到书橱下面的玻璃柜子里有一本大开本的《江户三百年——浮世绘大观》，马上心动。叫来售货员，开柜取书，可惜不让开封看里面的内容，看封面直觉应该印刷不错，但是定价才280元，一般这种规模的精装画册至少都在四五百元或者更贵，一时拿不定主意，怕万一印刷不好，就没什么意义。爸爸也鼓励买一本试试。回家之后拆开塑封，惊喜地发现，内文印刷极为精良，所选图版也丰富多样。因为是前几年出版的，所以价格才这样低。书里面收集了大量的江户三百年来的浮世绘名作，描绘世间行乐和美人风情，线条、颜色都绝美，大可以为我画画所用。在中国画里面吸收一点日本的味道，正是我想追求的。我素来仰慕的近现代大家傅抱石先生，也是学习了日本艺术的。

　　逛到8点半多，售货员居然说要关门了。原来，24小时书店已经不再是24小时都开了。看来，现在看书、买书的人应该没有书店原先想象的那么多。

　　我们挑了满满两大篮子的书，爸爸似还未尽兴，在书架前久久徘徊不想离去，终于磨蹭到了最后一个结账。工作人员很热情，都在耐心地等待，今晚我们也算是大客户了。

　　几十本书很有些分量，尤其是还有我买的大画册。

　　朱湾自告奋勇地拿了两小包，我一手拿《江户三百年——浮世绘大观》这本大书，另一手拎着一小包书。最大的一包自然归爸爸了。

　　三个人在冬夜中说说笑笑，一小段路还没什么特别重的感觉。回家后，右胳膊超酸，居然沉重得抬不起来了。

　　看来，明天是没法写字画画了。也罢，正好把新买的书先睹为快吧。

# 附录　懂艺术的人，永远不无聊
## ——和朱湾妈妈的对话

朱湾从什么时候开始触艺？平时又是怎么学习艺术？作业时间和画画时间怎么安排处理？爸爸妈妈是怎么教朱湾学习书、画、印的？本书的责任编辑新萍阿姨和朱湾妈妈进行了多方面的交流，让我们一起来看看朱湾妈妈是怎么说的吧。

一

朱湾很有艺术天赋，艺术活动也很丰富。她最初的艺术启蒙是怎样的？

朱湾的艺术启蒙应该说是非常自然而然的。

她出生在一个艺术家庭，我和她爸爸都是从事艺术工作的，爸爸的工作主要是传统书画、篆刻的创作和研究。我比较杂一些，以前学过传统手工艺，现代设计、西方的艺术也有所涉猎，现在主要从事中国画创作。

要说启蒙，如果胎教也算数的话，应该说是在妈妈肚子里的时候就有启蒙。

那个时候，爸爸在清华大学做艺术学博士后。我在上海的一所大学教书，除了教书外就是散步和画画，当时正在筹备出版我的第一本作品集《吕欢呼山水册》，每天都画很多画，心无旁骛。

画个不停

爸爸画的朱湾

附录　懂艺术的人，永远不无聊

朱湾在上海长宁妇幼保健医院出生，在医院住了三天，刚从医院把她抱回家的时候，爸爸超级兴奋，当天就铺纸磨墨，激动地给她画了好几张肖像画。

那时候家很小，爸爸就在客厅兼书房里画了半天，他以前其实从来不画人物画，那时是特别高兴，还没学会怎么抱她，就兴奋地看着襁褓中的她不停地画呀画呀，连姥姥看了都笑着说："这些画比照片都传神。"

这件事情到后来有了回应，等朱湾会画画的时候，也给爸爸画了一批肖像画，很传神。

那时房子虽然不大，但屋里到处都是书和画画用的工具、材料，朱湾一回家就生活在这样的环境中了。

朱湾第一次触艺是什么时候呢？

她第一次画画，具体都记不清是什么时候了。不过抓周的时候，她倒是直奔毛笔而去了，一手抓了毛笔，一手抓了钱。我们当时都笑说，看来她以后必是个吃艺术饭的人。

朱湾3岁半上幼儿园，在此之前就画了很多很多张画，用各种笔画的，单线的、涂色的，都有。爸爸比较有意识，经常拿很好的册页和本子给她随便画。其中有一个灰色封面的大本子，是我在中国美术家协会开会时发的，里面就是白纸，朱湾用黑色水笔在里面画了满满一本子的线描，有的是人物，有的就是纯粹的线条。那些线描简洁有力，好得不得了，很有"八大山人"的味道。

朱湾喜欢画画，从小一直到现在，无论在外游玩还是在家里，每天都几十张几十张地画，一直保持着画画的激情。我们每天都跟在后面收拾，一堆一堆的纸啊，收拾了好多包，后来就挑了一些好的留下来。当时中国画报出版社的朋友看了就说特别好，决定给她出版《映碧小馆》，那是她的第一本画集，里面的画全部是正式上学之前的画，被我们称为"没有受过任何污染的作品"。

画个不停

朱湾画的爸爸

附录　懂艺术的人，永远不无聊

上学之前，画画似乎是大多数孩子的兴趣所在。上学之后，这种兴趣能坚持下来就不容易了。朱湾的艺术活动那么多，会不会与课业矛盾？

多数孩子都比较喜欢画画，但也有一些可能是父母觉得画画有意义，就让小孩去上个培训班什么的。

朱湾对画画应该说不仅仅是兴趣了，可以说是她生活的重要组成部分。

上学后，她的所谓"艺术活动"时间肯定没有小时候那么多，但是她做作业什么的动作都还比较快，学习完之后，她自己又去画，一有时间就要去画。其实画画是她的一种休闲、娱乐方式，就像其他小孩打游戏、看电视一样。

有时候，看她的书包，里面草稿纸上也是画着各种东西，就是课间休息的时候画的。

放假的时候，时间会更充足一些。其实画画和学习在她这里没什么矛盾，她也很喜欢学习。

如果出现了课业比较多，影响了画画的时间，朱湾是怎么处理的？您会怎么处理？

目前为止，我们并没有把朱湾画画当成一个专业，所以不用紧张学习是否影响画画。

她只是喜欢艺术，将来也不一定非做这方面的工作，当然能做更好了，现在肯定是学习为主，如果学习特别紧张，就把时间优先安排给学习。

小学阶段的学习还不至于紧张到那个程度，学校作业都有限，只是有的小孩特别磨蹭，写得慢。这一点朱湾很好，写作业速度很快。我们家的人做事效率都比较高，我和她爸爸都是急性子，朱湾也是，从不磨磨蹭蹭。

也有些小孩说是写作业写到十一二点，要么是家长报了各种各样的课外班来不及应付，要么就是小孩或家长磨蹭。

画个不停

你们给朱湾报课外班吗？

我们现在也有一些，不过跟别人比起来不算多。数学和英语一周一次，每次一个半小时。分别在周二和周五下午放学后，他们周二和周五放学比较早，3点就回来了，我们就请了两个家教老师来给辅导辅导。数学不是特别拔高，就是把学校里学的给帮着预习或者复习一下，如果掌握得好，就增加点难度。英语老师是一个在校大学生，给她练练口语，一起阅读，以培养兴趣为主。老师都很年轻，她和一个同学一起上课，跟老师处得很开心，都很乐意。

你是佛系妈妈吗？看作业吗？

哈哈！佛系妈妈具体是什么意思？最近看到好多人这么说，我还不是太懂，我不是个网络达人，有时候跟不上节奏。如果说是不管不问的话，那我不是。

作业当然要看了，而且很仔细，也很认真。她有不会的东西要给她反复练习，直到讲明白。小孩子有时候不是很仔细，要及时纠正学习方法。朱湾从小就有点粗心，要让她明白干什么事情都要特别认真。

小孩学习文化很重要，没有文化将来干什么都不能深入，我们接触的很多美院的学生就是这样，他们的专业技法都很好，就是文化不行，没办法深入。她爸爸这几年招了不少博士、硕士，就感觉更加明显，从前文化学习不好的就有很多缺陷，有时表达一个观点都说不清楚，相反，以前学习基础扎实的，潜力就很大。

还有很多年轻的画家，一开始感觉很好，但如果没有文化，过几年不一定进步，还有可能退步。尤其是传统艺术，有的人退步得厉害，都是没有文化、没有思想造成的，这个要引起足够的重视。

历来优秀的画家都是技法又好，又有文化。两者不是冲突关系，而是相辅相成的。

附录　懂艺术的人，永远不无聊

## 二

朱湾画画出自天性，应该也少不了你们的指导。你们是怎么具体指导的呢？

我们其实给她的指导不是很多，更多的应该说是建议。

小的时候基本没有指导，就是给她无限量地供应各种纸和笔，随她画，更多的是发挥她的天性。

长大一点后也是建议，比如她用水笔画了一张画给我看，我可能会说，如果这个线用毛笔更好看。再比如，她看了一个《红楼梦》的绘本，就说："要是我也能画出来就好了。"我就会说："你可以试试看呀，说不定你画出来比它还好呢。"当然，她有时会听我的建议，有时也不听，按照自己喜欢的来。

要说最专业的就是她的工具，从一开始都是非常好的，和我们用的一样，甚至比我们的种类还丰富。有很多小孩学艺术，学了很多年还是外行，有的从一开始工具就没选对。

学习艺术，笔、墨、纸、砚和颜料都要选对才行，这里面区别也很大。

还有一点可能和别的孩子不同，是她看的书，比如小时候的一些绘本，都是我们一起挑的，里面的画作都很有意思，画得也比较好。好东西看多了，品位就自然提高了，看到一些不好的东西她自己就有判断，说那个东西真俗气。

现在大一些，会稍微有一些指导，也不是特别多。写书法是爸爸指导临帖的，写过《石门颂》《泰山刻石》等，她喜欢有装饰感的篆隶，不太喜欢楷书。篆刻临过一些汉印，爸爸会帮她写印稿。

今年学期末的时候，学校老师布置了一个作业，就是让小朋友临摹一些年画，那个年画特别复杂，她在学校没有画完，然后就带回家画，每天做完作业就在那里画，我平时一般只看她语、数、外的作业，像画画这些就随她自己发挥。那天正好看见她画的那个年画，我吃了一惊，那么多线条表现得特别好，

画个不停

朱湾的调色盘

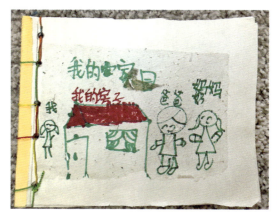

朱湾的绘本

附录　懂艺术的人，永远不无聊

朱湾戏曲人物

我就夸奖她，说："宝宝，你这个画得太牛了，真是漂亮极了！"她自己当时不知道自己画得有多好，我表扬后，她就特别有兴致，完成老师的作业之后还要再画几张。于是，我就在网上给她找了一些图，都是民间经典的木刻版画，特别有味道，她也感兴趣，就又画了好几张，一直到现在，她都比较喜欢民间风格的东西。

到过年的时候，我找出了自己上大学时买的两本旧书，很郑重地作为礼物送给她，一本是《民间木刻版画》，一本是《中国戏曲年画》，里面都是一些民间的艺术精品，她很珍惜，也觉得很好看。现在她就经常拿这两本书为依据来创作，画了很多张特别有意思的画。里面有《西游记》的人物，她多次画过，每次感觉还不一样，特别好。

后来还找了一些汉代的墓室壁画、敦煌壁画给她看，她也特别喜欢。

看到汉代的墓室壁画书里有一个鸡的图案，非央求我给她改成印稿，刻成了一方鸡的肖形印。

孩子的作品有时候会让成年人惊喜。

是啊，孩子的天性和趣味是成年人想模仿都模仿不来的，小孩没有技法的障碍，没有艺术理论的束缚。

她完全是用自己的方法来表达自己内心的感觉，尤其她画荷花长秆子的时候，那种用笔，流畅、老辣、自然，还有拙趣，简直让人羡慕不已！

写书法也是非常自然，完全是"写"而不是"做"或者"描"，有书写感。

她刻印更是单刀直入，胆子大得很，很多笔画一刀到位。

你们在艺术创作上有互动吗？

互动肯定有啊，有时候我们创作，她好像没有怎么看，但有时也会偷偷模仿。我们有时看她创作，也能吸收她那种稚拙的趣味。

附录　懂艺术的人，永远不无聊

家里的书房

像她这个年龄的小孩,特别喜欢跟同龄的朋友玩,她们之间互动更多。一有小朋友来家里玩,就有一起画画这个项目。

这一两年,她迷上了制作绘本,自己创作故事,自己配图。据说她的书很受同学欢迎,在学校被争相阅读。有时也带回来让我读她的书。故事编得挺好玩儿,画得也有趣,多是校园趣事,有时居然还有古代宫斗剧和鬼故事。

在艺术教育这方面,你们都是专业人士,对孩子的艺术成长自然帮助更大。那么,对于普通的家长而言,似乎只能依靠各种培训机构了吧?

也不尽然。我们在这方面的确是有便利,但是普通家长也可以在各方面对孩子进行艺术熏陶。

有的家长本身就比较有情趣,艺术感觉也好,可以帮孩子选点好的书,有条件的家里可以布置得漂亮一些,常去一些专业机构比如美术馆、博物馆看看,再或者到大自然中多走动走动,让孩子常常感受到美。

选择培训机构也不是不可以,但小一些的孩子尽量去一些教学不太死板的地方,轻松点,重在熏陶和感受,注意不要过分逼孩子,造成逆反心理。

大一点之后,如果想往专业方向发展,就要找专业的地方或者老师学习。

您刚才提到"熏陶"的重要性。具体来说,你们是怎么做的呢?

我们的熏陶可能的确比较多,归纳起来,应该在以下几个方面:

一、首先在家庭环境方面。

从朱湾出生到现在,我们搬过好几次家,从上海搬到北京,在北京也搬过好几次。因为工作性质的缘故,我们的家都是兼具工作室功能的,每个家都有很长很长的大桌子,我和爸爸都常常在家创作。

父母是孩子的榜样,我们在写字画画,她肯定也闲不住,从小就模仿。

俗话说:"龙生龙,凤生凤,老鼠的孩子会打洞。"大人干啥,小孩就会学

附录　懂艺术的人，永远不无聊

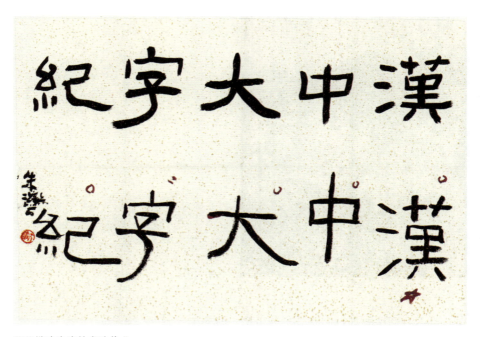

爸爸批改朱湾的书法作业

朱湾写书法

习，就像有的家庭都打麻将，小孩很快也就会了。

二、家里来来往往的客人几乎都是艺术家或者学者，大家谈论的话题多数都和艺术相关，她耳朵里天天听到这些，自然地就知道很多相关的知识。

有一次，她嘴里嘟嘟囔囔地念叨"康里巎巎（náo）"，爸爸就大笑起来。康里巎巎是元代书法家，宋克是元末明初人，两人都写章草，当时爸爸正在做宋克研究，我们常常讨论关于两位书家的话题，她就记住了。这是很专业的书法史知识，别说是普通人，就是很多学这个专业的人也未必知道"康里巎巎"这个名字。

三、我们经常去各种美术馆、博物馆参加活动，因为家里没有人带她，所以她每次都只好跟着，不管她有没有认真看，多多少少也见了不少名家真迹。

四、我们从她两岁的时候起就每年寒、暑假都出去旅行，她也开阔了视野、增长了见识。我们家的旅行基本上比较"自由、散漫",不像旅行社那样安排得满满的,我们喜欢悠闲地度假,对每个地方都去深入地感受。

这些旅行部分记录在"三人行"的那些文章里,有的虽然没有专门写她,但她都跟着经历过。不同的地方有不同的文化和习俗,我们的旅行常常去看一些当地有特色的建筑、文化景点。

比如,在东京,我们就去逛专门的美术用品店,她也跟着一起挑。她现在有世界各地的笔和纸。旅途中的见闻都是她的创作素材,她随身带着纸笔,到哪里都可以写写画画。在珠海玩的时候,下午看了港珠澳大桥,晚上在酒店她就画出了速写。

五、我们家里有比较多的原作和我们的一些收藏品,以及各种各样专业的大画册、碑帖,她什么时候想学都可以翻看。

您对艺术考级怎么看?

这个说了可能会有点得罪人,考级这个事情完全是个外行干的事,专业人士家里应该没人去考级,艺术也不太好用级别来考量。

再说孩子学习艺术主要是培养美感和对生活的乐趣。

以后她能走上专业艺术道路自然是极好的,即便不能,她有一双善于发现美的眼睛也很好。

一个人只要爱上艺术,他的生活便和别人不同,同样的一草一木,带给他的感受就会不一样。哪怕是喝一杯茶、吃一碗面,也可以和一般人不一样。

艺术本身最重要的功能就是自娱自乐,能同时让别人愉悦当然更好,所以通过级别来比较艺术水平是没有必要的,不过若有什么特别的用途,那考一个也无妨。不过千万不要太当回事,以为自己真到了什么级别。

的确,艺术教育是滋养心灵的东西,不能简单地量化。这和父母的认识也

画个不停

跟爸爸学篆刻

附录　懂艺术的人，永远不无聊

有很大关系。

是的，艺术最大的魅力在于提高自身对于美的感悟力，多数家庭或许还不能理解这个问题。升学需要美术，就去考个美术的级。升学需要钢琴，就去考个钢琴的级。升学需要奥数，就去拼命考个奥数。但是在未来的生活中，并不只是升学这一件事情。人的一生还有很多时间要用来享受，我这里说的享受，并不是指胡吃海喝瞎玩，而是用心品味人生。一棵树、一片云、一朵花都能给人带来美的慰藉。

古代的大文豪苏东坡为什么一生过得那么有滋有味，其实他在官场很不顺利，但他在哪儿都过得特别有意思，就因为他还有文学、艺术，他内心强大，在天涯海角都能找到快乐的源泉。

我觉得父母教育孩子不要特别功利化，我们要和孩子一起成长，学习怎样做一个有趣味的父母，让孩子成为一个有趣味的人。

朱湾的学习我们也很重视，我们每天都和她一起学习，和她一起背诗，一起写写画画，一起做数学题。

在艺术方面，家长更要提高自身修养。你家里挂一幅丑画，或者难看的工艺品，家里凌乱不堪，弄得很俗气，小孩的脑子会记一辈子。

懂艺术的人会把生活过得很有乐趣，永远不无聊。

我有一些学艺术的朋友，她哪怕不工作，在家做家庭主妇，都比别人做得好。做一顿美食，用的餐具和别人不一样，给孩子买件衣服、拍个照都很有艺术感，这是生活中的艺术。

其实只要多用点心，生活中就能发现很多美好。

Copyright © 2021 by SDX Joint Publishing Company.
All Rights Reserved.

本作品版权由生活·读书·新知三联书店所有。
未经许可，不得翻印。

**图书在版编目（CIP）数据**

画个不停 / 吕欢呼文；朱湾，吕欢呼图 . —北京：
生活·读书·新知三联书店，2021.3
ISBN 978 - 7 - 108 - 07020 - 3

Ⅰ.①画⋯　Ⅱ.①吕⋯　②朱⋯　Ⅲ.①儿童故事－图画故事－中国－现代
Ⅳ.① I287.8

中国版本图书馆 CIP 数据核字（2020）第 260636 号

| | |
|---|---|
| 责任编辑 | 黄新萍 |
| 装帧设计 | 蔡立国 |
| 责任校对 | 陈　明 |
| 责任印制 | 徐　方 |
| 出版发行 | 生活·讀書·新知三联书店 |
| | （北京市东城区美术馆东街22号 100010） |
| 网　　址 | www.sdxjpc.com |
| 经　　销 | 新华书店 |
| 印　　刷 | 天津图文方嘉印刷有限公司 |
| 版　　次 | 2021年3月北京第1版 |
| | 2021年3月北京第1次印刷 |
| 开　　本 | 720毫米×1000毫米 1/16 印张 21.5 |
| 字　　数 | 290千字　图207幅 |
| 印　　数 | 0,001 - 6,000 册 |
| 定　　价 | 98.00元 |

（印装查询：01064002715；邮购查询：01084010542）